AF390852

Mauvaise mine

Micheline Marchand

Mauvaise mine

Roman

Collection Cavales

Les Éditions
L'Interligne

Catalogage avant publication de Bibliothèque et Archives Canada

Marchand, Micheline, 1962-, auteure
        Mauvaise mine : roman / Micheline Marchand.

(Collection « Cavales »)
Publié en formats imprimé(s) et électronique(s).
ISBN 978-2-89699-449-6 (couverture souple).
--ISBN 978-2-89699-450-2 (pdf).--ISBN 978-2-89699-451-9
(epub)

I. Titre. II. Collection : « Cavales »

PS8576.A63395M38 2014   jC843'.6   C2014-905629-X
                                             C2014-905630-3

Les Éditions L'Interligne
261, chemin de Montréal, bureau 310
Ottawa (Ontario) K1L 8C7
Tél. : 613 748-0850 / Téléc. : 613 748-0852
Adresse courriel : commercialisation@interligne.ca
www.interligne.ca

Distribution : Diffusion Prologue inc.

ISBN : 978-2-89699-449-6

À Daniel
au cœur qui bat
au rythme de la Nature

Chapitre 1

Les mauvais jours

— T'es même pas capable de faire ça!

Le corps d'Alain se raidit. Chaque fois que son père élève la voix, sa réaction est la même. Il replace distraitement son oreiller derrière sa tête et essaye d'ignorer la dispute qui fait rage dans le salon. Les éclats de soleil de septembre sautillent sur la surface lisse du miroir. Alain lève les yeux vers la glace qui lui renvoie son image : un visage grave et soucieux. Il entend sa mère se défendre.

— Tu sais que j'essaye, mais il y a des jours…

Basile interrompt sèchement sa conjointe, en l'imitant cruellement :

— Il y a des jours… Il y a des jours…

Alain a un pincement au cœur. Il ne veut pas entendre la suite. Il a le goût d'intervenir, mais il redoute sa propre réaction. Ses poings se ferment. Exaspéré, il enfile ses chaussures et sort de la maison en claquant la porte. Il frappe violemment un caillou du bout de son espadrille.

Traversant l'entrée qui mène au chemin de terre, il fulmine: «J'haïs quand mon père est comme ça.» Le jeune homme de dix-sept ans passe ses doigts délicats dans ses longs cheveux droits.

«Les mauvais jours de mon père», comme les désigne Alain, ont débuté deux ans plus tôt quand la mine où Basile travaillait depuis vingt ans a fermé ses portes. Certains travailleurs ont déménagé, mais les Laflamme, n'ayant pu vendre leur maison, sont restés à Rivière-la-Loutre, une communauté de dix mille âmes.

«Au moins, nous avons un toit», s'acharne à répéter Basile qui cherche toujours du travail. On le connaît bien au bureau d'emploi. Pour nourrir sa famille, Basile accepte n'importe quel petit boulot. Les Laflamme survivent en se serrant la ceinture. Sa conjointe, Jasmine, gère les finances comme une lionne: fini la télévision payante, fini Internet, pas question de prendre une douche pendant la période de haute consommation d'électricité. Peu à peu, Alain s'est habitué à ce nouveau régime, mais jamais il ne s'habituera aux soubresauts d'humeur de son père.

Tout comme sa sœur Maude, déménagée à Sudbury depuis un an, il a hâte de quitter la maison. Pour se donner du courage, il se répète comme un mantra: «Une autre année scolaire, une seule autre…»

Se sentant observé, Alain tourne la tête vers la gauche. Nicolas Potvin, appuyé sur le guidon de son vélo, le regarde. Alain maugrée: «Chaque fois que je mets les pieds dehors, je le rencontre, celui-là.» Il détourne son regard des yeux curieux du cycliste de quatorze ans. Il en a lourd sur le cœur et n'a pas le goût de converser avec son jeune voisin. «Une vraie machine à mots. Une fois partie, il n'y a plus moyen de l'arrêter», pense Alain qui, pour éviter le garçon, s'éloigne en courant.

Plus loin, tel un animal piégé, Alain pousse un long cri qui relâche un peu la tension accumulée dans son corps serré comme un morceau de bois dans un étau. Il emprunte un sentier cahoteux dans la forêt. Petit à petit, son pas, tout comme sa respiration, ralentit. Le chuchotement du vent à travers les branches de pin caresse ses tympans et calme la cadence de son cœur. Le bois, c'est son refuge. Quand il s'y promène, il s'oublie l'espace d'un moment.

Le jeune homme entend un pic qui tambourine contre un arbre. Il devient attentif et repère l'oiseau, un pic mineur, reconnaissable à son plumage blanc, noir et rouge. L'oiseau délaisse son repas et grimpe agilement sur le tronc noueux. Il s'arrête et son bec puissant attaque à nouveau avec force l'écorce épaisse pour se nourrir de larves et de vers blancs. «Comment sa caboche peut-elle absorber tous ces coups?» se demande Alain, émerveillé.

Il voudrait avoir la force du pic. Son visage se rembrunit. «Je suis fatigué d'encaisser les frustrations de p'pa. J'en peux plus! peste-t-il. Un jour, il va pousser trop fort et je bondirai dans sa face comme un ressort. »

La prochaine fois, pourra-t-il se maîtriser et partir avant de commettre un geste irréparable? Alain ne le sait pas.

CHAPITRE 2

QUAND TOUT BASCULE

Alain entre dans la cuisine où l'horloge au mur indique midi.

— P'pa est encore parti?

Jasmine évite le regard de son fils. Elle lui sert une soupe fumante.

— Ce n'est pas facile pour lui.

— Puis pour nous autres? rétorque Alain, agacé.

Mère et fils avalent la soupe en silence. Du coin de l'œil, Alain détaille la femme fragilisée assise en face de lui. «Pourquoi elle?» se demande-t-il. Comme tous les jours, la question domine ses pensées, mais reste sans réponse.

Cela fait trois ans qu'on lui a diagnostiqué la sclérose en plaques, une maladie du système nerveux central qui déforme les messages envoyés au cerveau, menant à une série de symptômes. Alain avait écouté les longues explications de sa mère. Mais ce qu'il retenait, c'était que cette pathologie sournoise ravageait son corps et minait toute son énergie. Sa mère avait comparé sa condition à une défaillance dans un ordinateur responsable d'envoyer des signaux au corps. Cette funeste maladie avait bouleversé la vie de sa famille pour toujours.

Jasmine, une artiste peintre, a dû cesser de travailler. Toutes ses forces, elle les consacre à gérer son mal, devenu maître de son enveloppe charnelle. Elle doit prendre son courage à deux mains juste pour supporter la douleur. Parfois, la nuit, Alain entend sa mère pleurer dans sa chambre. Son père passe-t-il aussi des heures à contempler le plafond ?

Lorsque la douleur sommeille en elle et lui accorde quelques heures de répit, Jasmine les consacre à sa famille. Quand elle est d'attaque, elle peut faire rire un serpent. En ces occasions, devenues rares, Alain songe : « J'aimerais revoir ma mère comme elle était avant… » Ces moments sont d'autant plus précieux qu'il constate que rien ne sera plus jamais comme avant. Il embouteille ses instants de bonheur dans sa tête afin de pouvoir les ressortir les jours moins heureux.

— Tu vas m'aider cet après-midi ? demande Jasmine en débarrassant la table. Il faudrait laver le plancher.

— Demande à p'pa, répond Alain.

— C'est à toi que je le demande.

— Mes amis m'attendent chez Catherine, objecte Alain.

Jasmine n'a plus la force de discuter avec son fils. Elle capitule et prend un seau sous l'évier, le place bruyamment dans le bassin, y ajoute du savon et de l'eau tiède. Elle saisit l'anse de ses deux mains et, lentement, peine à soulever le récipient. Muet, Alain la regarde faire, conscient de ses faibles capacités physiques à manipuler les objets pesants. À cet instant, Jasmine laisse tomber le seau d'eau qui se déverse sur le plancher. Exaspérée, elle saisit des torchons et les lance sur le linoléum mouillé.

Elle enfouit son visage dans ses mains et pleure à chaudes larmes. Alain, honteux, s'approche de sa mère et pose une main maladroite sur son bras pour tenter de la consoler.

— C'est pas grave, m'man, c'est pas grave.

— Ton père a raison, se lamente-t-elle en reniflant. Je ne suis plus bonne à grand-chose.

Alain est bouleversé. Plus question maintenant d'aller s'amuser avec ses amis. Malgré lui, il en veut à sa mère, à sa maladie et surtout à sa propre impuissance.

CHAPITRE 3

LES ACTIVISTES

La cafétéria de l'école est bondée de jeunes. Alain jette un coup d'œil dans la direction des tables de la onzième année. « On est vraiment des bêtes d'habitude, constate-t-il. Les tables ne sont pas désignées, mais tout le monde s'assoit toujours à la même place. » De son regard nerveux, il repère une petite brune assise au milieu d'un groupe d'élèves. Son cœur se met à battre la chamade. Pendant un bref moment, il observe la jeune fille qui s'esclaffe. « Elle est peut-être petite, mais elle ne cède pas sa place », pense Alain en se frayant un chemin jusqu'au groupe. « Je voudrais bien sortir avec elle, mais je n'ai pas le courage de l'aborder. » En le voyant, Catherine sourit de toutes ses dents. Ses yeux vert félin en forme de bille s'animent. Elle lui fait signe et se glisse sur le banc en l'invitant à prendre place à ses côtés.

— Je pensais te voir hier.

Alain évite le regard de Catherine et s'assoit entre elle et Marjolaine.

— Je n'ai pas pu.

Impatiente, Marjolaine intervient :

— On la commence, notre réunion ?

— Oh ! s'exclame Alain en se levant, car il se sent subitement de trop.

— Pas si vite, lui dit Catherine en le retenant par le bras. On cherche justement des membres pour notre nouveau comité, Les Écolos. T'aimes ça la nature, donc ça va sûrement t'intéresser.

— Vous faites ça ici ?

— On n'a pas d'enseignant conseiller, donc pas de local. Mais ça ne nous empêche pas de tenir nos rencontres à l'école.

Alain regarde autour de lui.

— Vous êtes combien ?

— Tu vas être notre quatrième ? lui demande Marjolaine avec empressement.

— Je ramasse déjà assez de compost à la maison, proteste Alain.

— Vas-tu à la soirée d'information à la salle communautaire demain soir ? demande Catherine.

— Au sujet de la mine ?

En plaçant un carton et des stylos devant Alain, Catherine frôle légèrement la main du jeune homme.

— On va tous confectionner une affiche avec un message pour inciter les gens à y participer, lui dit-elle.

Une entreprise torontoise qui gère la cueillette des ordures dans la région propose d'acheter le terrain de la mine désaffectée de Rivière-la-Loutre pour le transformer en un énorme site d'enfouissement destiné à recevoir les déchets des grosses municipalités du sud de la province en plus de ceux produits localement. Ce projet divise la communauté.

— Hugo Barboni va être là.

— Le porte-parole de Terre vivante? demande Alain, incrédule.

D'un signe de tête qui remue sa chevelure, Catherine acquiesce.

« On l'a invité? »

— Il s'est invité, précise Catherine.

— Ça risque de barder.

— Le conseil municipal va annoncer sa décision bientôt, affirme-t-elle.

Alain donne libre cours à son cynisme :

— Tout le monde sait qu'elle est déjà prise.

Catherine se défend.

— Puis, si elle n'est pas la bonne, raison de plus de s'y opposer.

Alain comprend mal comment la participation des élèves pourrait influencer le cours de cette partie jouée d'avance, mais il se tait. Après tout, se présenter à la réunion lui donnera une occasion de plus de côtoyer Catherine, et qui sait…?

Chapitre 4

Le voisin bavard

Tout en sortant son devoir de mathématiques, Alain observe son père préparer le repas. Depuis qu'il est au chômage, Basile a découvert sa passion pour la cuisine. C'est un des seuls moments de la journée où il réussit à oublier les pressions du quotidien. Le cordon-bleu explore habilement différentes combinaisons d'épices et d'aliments. Alain est toujours fasciné de le voir s'absorber dans cette activité qui, par le passé, avait été l'apanage de sa mère. Basile place un récipient débordant de pâtes et de légumes dans le four et proclame, satisfait :

— Ça va être bon !

Alain sourit, dépose son crayon et demande :

— Je peux emprunter la voiture ce soir ?

— Pour aller voir ta blonde ?

Alain rougit et fait signe que non.

« Où veux-tu aller encore ? »

— À la réunion au sujet de la mine.

Basile reste un peu surpris et décoche sèchement :

— Ne te mêle pas de ces affaires-là.

— Tu ne penses pas que c'est important ?

— Pas autant que tes devoirs.

— Je les ai presque finis, rétorque Alain qui pousse un soupir d'exaspération. Tu me la passes, l'auto ?

Basile ne doute pas que son fils prend ses études au sérieux et se reproche d'être encore une fois monté sur ses grands chevaux. Il ne peut pas pour autant avouer qu'il s'est emporté sans raison. Il dévisage son fils qui attend une réponse.

— Avant, il faudrait que tu nettoies la plate-bande devant la maison, comme te l'a demandé ta mère.

— Ça peut pas attendre la fin de semaine ?

— Tu le veux, le char, oui ou non ?

Le visage souriant de Catherine qui s'affiche dans son esprit pousse Alain à se résigner.

Malgré sa colère, il est content d'avoir évité une discussion inutile avec son père. C'est le prix à payer pour avoir la voiture. « Pour une fois, il aurait pu juste me donner les clés. Il faut toujours qu'il pose une condition », maugrée-t-il.

À genoux devant les fleurs fanées, sarcloir en main, sans s'en rendre compte, il attaque les plantes à coups violents. Perdu dans ses pensées noires, il ne remarque pas la personne qui l'épie.

— Tu vas les tuer.

Alain sursaute. Il se tourne pour faire face à son voisin. Le sourire amical de Nicolas le désarçonne. La voix douce du garçon poursuit:

«Elles ont peut-être l'air d'être mortes, mais les racines sont vivantes. Si tu continues comme ça, tu vas les massacrer.»

Quelques jours avant le début de l'année scolaire, Nicolas et sa mère ont emménagé dans la petite maison blanche en face de celle des Laflamme. Le logis est resté inhabité pendant un an, après la mort du vieillard, Rosaire Marion, qui l'habitait. Nicolas et sa mère, Simone, ont dû y faire le grand ménage. Néanmoins, la demeure a toujours une allure un peu délabrée. Simone Potvin court entre un emploi à l'épicerie et un deuxième au restaurant afin d'arriver à payer les factures.

— Je peux t'aider si tu veux, offre Nicolas. À deux, ça ira plus vite.

— Vous soupez tard chez vous?

— Je soupe quand je veux.

— Ta mère travaille encore?

Les yeux de Nicolas se durcissent. Il regarde au loin.

— J'ai l'habitude, affirme-t-il sans réussir à cacher la peine dans sa voix.

Alain passe un grattoir à Nicolas qui s'agenouille à côté de lui.

— Quand on aura fini, on pourra pailler le sol.

— Comment on fait ça?

— Je te montrerai, répond Alain.

Pendant qu'il arrache les mauvaises herbes de la terre, Nicolas raconte sa journée de long en large. «Il n'arrête vraiment jamais de parler!» s'exaspère Alain, qui a l'habitude de travailler en silence. Le flot incessant des propos anodins de Nicolas qu'Alain écoute distraitement l'énerve et il regrette presque d'avoir accepté l'aide de son voisin. En étudiant le garçon maigrelet du coin de l'œil, il note les courts cheveux en bataille qui couronnent un visage rond, sympathique, avec des yeux bruns pénétrants en forme d'amandes. «Ils sont vifs comme ceux d'un chat, observe Alain, mais ils dévoilent de la souffrance.»

— Tu ne t'ennuies pas trop ici?

Nicolas hausse les épaules d'un geste indifférent et continue de désherber en silence. Alain sent la profonde solitude qui habite son voisin.

— Tu devrais te joindre au comité de l'environnement à l'école, lui suggère-t-il. Les Écolos seraient heureux d'accueillir un élève de neuvième année. La relève, c'est important.

Nicolas affiche un sourire étincelant et se remet à la tâche avec une énergie renouvelée. Le travail terminé, Alain invite son voisin à partager le repas du soir avec sa famille. Nicolas ne se fait pas prier. Les arômes de la cuisine chatouillent les papilles des jardiniers qui s'attablent.

— C'est vraiment bon! s'exclame Alain.

Le compliment inattendu fait plaisir à son père. «Ces jours-ci, il est souvent désagréable, songe Alain en savourant son repas. Au moins, popoter le rend heureux. »

— C'est mieux que le sandwich qui m'attendait chez moi, renchérit Nicolas en avalant goulûment une bouchée de lasagne.

Alain étudie son invité qui mange voracement. « Drôle de jeune, se dit-il. Il fait plus vieux que son âge. C'est peut-être ce qui arrive quand on est pris pour s'élever tout seul. »

Nicolas accepte avec empressement le morceau de tarte aux pommes que lui offre Basile tandis que Jasmine lui pose une question.

— Avant, tu vivais en Colombie-Britannique ?

— Dans l'île Hornby, précise-t-il. Mon père est encore là.

Jasmine a détecté une pointe d'amertume dans la voix de Nicolas. Elle ne pourrait jamais vivre si éloignée de son enfant.

— T'aimes ça ici ?

Nicolas hésite avant de répondre.

— Ici, on est entouré de pins et d'épinettes. Là-bas, c'est l'océan.

Alain, qui devine que son invité commence à s'ennuyer, lui lance un clin d'œil.

— M'man, Nicolas est un de tes admirateurs !

Intriguée, Jasmine interroge son fils du regard.

« Quand lui et sa mère ont déménagé dans la maison de monsieur Marion, il est tombé amoureux d'un tableau resté accroché au mur du salon. »

Nicolas décrit l'œuvre du mieux qu'il le peut, mais les mots lui manquent.

— C'est abstrait, des couleurs éclatantes, du rouge, du jaune vif. Ça ressemble à des aurores boréales.

— C'est un de mes vieux tableaux, explique Jasmine en riant. Je pense que madame Marion me l'avait acheté par pitié.

— Elle aimait peut-être les couleurs, comme moi? spécule Nicolas. Je l'ai placé dans ma chambre. C'est ce que je vois au moment de me coucher.

Avant de se faire terrasser par la sclérose en plaques, Jasmine tirait beaucoup de satisfaction de son identité et de son travail d'artiste. Elle constate jusqu'à quel point ça l'enchante d'entendre parler d'art, même si les propos sortent de la bouche d'un jeune amateur et non d'un critique reconnu. Un sentiment de tristesse la submerge. «On m'a déjà oubliée. C'est comme si je n'avais jamais existé. Plus personne ne me présente comme Jasmine, l'artiste. Maintenant, je ne suis que Jasmine, la pauvre malade accablée d'une grande fatigue chronique.» Émue, elle doit refouler les larmes qui lui montent subitement aux yeux. Ce serait tellement plus facile de mettre fin à sa vie avant qu'elle ne devienne invivable! Cette idée récurrente l'assaille encore une fois. Pour cacher son trouble, elle se met à débarrasser bruyamment la table.

Chapitre 5

Un projet qui échauffe les esprits

La salle communautaire est pleine à craquer. Arrivé en retard, Alain se tient debout au fond de la pièce. Ses yeux repèrent Catherine, assise au milieu de l'assemblée, qui écoute la fin de la présentation de Josh Richardson, le porte-parole de Solutions 3000, la compagnie d'enfouissement de déchets. Alain lorgne les cheveux soyeux de son amie qui tombent sur ses épaules délicates tout en prêtant une attention distraite à l'homme à la cravate bleue et au ton fier :

— …Ce sera le site le plus propre et le plus efficace de l'Ontario. Il y a un an, nous sommes devenus responsables de la cueillette des déchets de la région, et nous comptons continuer d'investir chez vous. Ce nouveau projet créera des dizaines d'emplois pour les gens d'ici.

Quelques personnes applaudissent chaudement. Alain pense : « Des emplois, on en a bien besoin. »

À ce moment-là, Catherine se lève d'un bond et, d'une voix vibrante d'émotion, s'insurge.

— Ici, ça nous prend des emplois pour vivre, pas des emplois qui vont nous tuer.

Tous les yeux se tournent vers la jeune fille enflammée qui ajoute fougueusement.

«Monsieur Richardson, pouvez-vous nous garantir que le dépotoir n'empoisonnera pas notre eau potable?»

Des clameurs s'élèvent pour approuver la question. Richardson n'a pas l'habitude d'être obligé de justifier ses affirmations. Toutefois, l'expérience lui a appris que rencontrer les gens de la communauté et leur prêter une oreille en apparence attentive constituent un mal nécessaire pour vaincre la résistance à un projet controversé. Il se tourne pour toiser du regard son interlocutrice et reste surpris de découvrir une si jeune personne. Sa réponse se veut rassurante. De toute façon, son entreprise possède l'arme ultime: la promesse d'argent et de prospérité économique.

— Nos études démontrent sans équivoque qu'il n'y a aucun danger de fuite ou encore de contamination de votre eau.

— Et les nôtres démontrent le contraire! intervient une voix posée et ferme.

La tension dans la salle monte d'un cran. Richardson, du haut de ses six pieds, foudroie d'un regard condescendant l'homme de petite taille qui ose le défier. Alain reconnaît Hugo

Barboni et suit avec intérêt l'affrontement qui s'engage entre David et Goliath.

— Nous avons consulté les meilleurs spécialistes en la matière et ils nous assurent qu'il n'y a rien à craindre.

— Je voudrais croire que vous êtes de bonne foi, reprend Barboni. Mais si vos spécialistes ont raison, pourquoi refusez-vous de rendre vos études publiques?

Richardson essaye de garder son sang-froid, mais il cache mal son irritation croissante et son profond mépris pour Barboni.

— Les données techniques sont très difficiles à comprendre pour les gens ordinaires. Cela ne servirait à rien de les rendre publiques.

— Que cachez-vous, monsieur Richardson?

L'interpellé évite de répondre, affiche un sourire paternaliste et s'adresse plutôt avec confiance au public.

— Je vous garantis personnellement que nous développerons le terrain en respectant à la lettre les normes environnementales de la province. La qualité de votre eau n'est aucunement menacée.

— C'est pas une garantie à vie, ça! s'exclame Alain. Vous ne serez pas là dans cinquante ans!

Ils sont nombreux à s'esclaffer en entendant cette vérité. Barboni, sourire en coin, observe Richardson qui, touché dans son orgueil, dévisage Alain avec rancœur. Le jeune Laflamme, lui, n'a d'yeux que pour Catherine qui fixe Barboni avec admiration. Alain se sentant soudainement illuminé, constate pour lui-même : « Le voilà, le chemin qui mène à son cœur ! »

Richardson passe en mode d'attaque et décide de clore la soirée en brandissant une menace à peine voilée.

— Vous voulez tous faire revivre votre région. Je vous encourage à saisir cette occasion en or que vous offre Solutions 3000. Il y a au moins une dizaine d'autres communautés prêtes à nous accueillir à bras ouverts. Alors, si on lui met des bâtons dans les roues, la compagnie ira aménager son site d'enfouissement ailleurs.

Un lourd silence tombe sur la salle. De part et d'autre, on réfléchit aux options pour Rivière-la-Loutre qui ne sont que deux : s'engager dans ce projet qui comprend des certitudes économiques, mais comporte des doutes environnementaux, ou le refuser et continuer sur la route de la mort assurée.

CHAPITRE 6

L'ESPOIR

Basile entre dans la cuisine en fredonnant. Enjoué, il embrasse légèrement la nuque de Jasmine, prend celle-ci par la taille et se met à valser avec elle au rythme de l'air qu'il chantonne. Jasmine rit comme une gamine et se laisse emporter par l'exultation contagieuse de son époux.

— J'ai trouvé un emploi à plein temps, un emploi à plein temps avec Solutions 3000!

Jasmine se blottit contre la poitrine de son conjoint.

«Je commence demain. Ce n'est pas le poste de mes rêves, mais au moins c'est une job. Et des déchets, ce n'est pas ça qui manque. Il y en aura toujours. Je suis en période d'essai. Mais je travaillerai fort et ils me garderont.»

Basile colle sa bouche près de l'oreille de Jasmine et lui susurre: «Notre vie va redevenir comme avant.»

La jubilation débordante de Basile l'empêche de sentir Jasmine tressaillir. « Rien ne sera jamais comme avant, pense-t-elle avec chagrin. Mon destin a changé à tout jamais. Sans moi, il pourrait refaire sa vie avec une autre. Quand Alain partira, plus rien ne l'empêchera de m'abandonner comme le font la plupart des hommes dont la conjointe est atteinte d'une maladie chronique. J'ai vu les statistiques. Pourquoi Basile agirait-il différemment des autres ? Dans le fond, pourrait-on le blâmer ? »

❧

« Ça fait longtemps que je ne les ai pas gâtés », songe Basile, saoul de joie, en entrant dans la maison, les bras chargés de cadeaux.

— Tu as réactivé notre compte Internet ! s'écrie Alain. C'est vraiment *au boutte*, ça, p'pa.

— Ouais, dit Basile, ça sera raccordé demain.

Les largesses de Basile réjouissent Alain, mais troublent Jasmine. Habituée à tenir les cordons de la bourse de la maisonnée en comptant chaque cent, elle ne peut s'empêcher de s'exclamer :

— Tu as tout dépensé !

L'atmosphère de gaieté disparaît en coup de vent. Décontenancé, Basile se justifie :

— Une première paye, ça se fête.

— Mais il y a des factures à payer, lui reproche Jasmine.

32

Basile, frustré, frappe le mur de sa main.

— Y a pas moyen d'être heureux, des fois?

Jasmine, consciente des bonnes intentions de son conjoint, regrette d'avoir tué son bonheur dans l'œuf. Elle le contemple et esquisse un demi-sourire.

— T'as raison, les factures peuvent attendre.

ₔ

«Enfin de retour dans le vrai monde!» jubile Alain en démarrant son ordinateur. Il entre sur Internet où il signale son retour dans le cyberespace à ses amis. Aussitôt, il reçoit un message de Catherine l'invitant à la rencontrer devant l'épicerie dès treize heures. Alain croit rêver. Un rendez-vous avec Catherine. «C'est inespéré!» s'excite-t-il en souhaitant que ce soit un samedi chanceux.

Deux heures plus tard, Alain consulte sa montre et constate avec impatience qu'il est arrivé un peu tôt au centre commercial. D'un pas lent, il parcourt le corridor tout en se mirant dans les vitrines des magasins. «Mon chandail me va plutôt bien, conclut-il, le bleu azur fait ressortir mes yeux.» Le jeune homme se dirige vers l'épicerie. Pas de Catherine. Il reconnaît toutefois le profil de Nicolas, assis à une petite table. Il s'approche et lui demande:

— Tu n'aurais pas vu Catherine?

Nicolas lui présente un stylo et une planchette.

33

— T'es venu signer la pétition ?

Pendant un court moment, Alain reste perplexe. Il accepte la planchette et lit : « Nous, les soussignés, résidents de Rivière-la-Loutre, désirons exprimer notre opposition catégorique au projet d'enfouissement de déchets dans la mine... » Il n'entend pas Nicolas lui expliquer que recueillir des signatures c'est sa première tâche en tant que membre des Écolos et qu'il remplace Catherine partie s'acheter un sandwich.

Alain lève la tête et aperçoit alors Catherine souriante qui marche avec empressement vers lui. Son cœur chavire. « Elle a hâte de me voir », pense-t-il avec émotion. Il remet la planchette à Nicolas et va à la rencontre de la jeune fille. Catherine le prend par le bras.

— Il y a bien du monde contre le projet, dit-elle avec enthousiasme. J'ai recueilli une centaine de signatures, et ce n'est que le début.

Soudain, il se rend compte qu'il a mal interprété le message de son amie et qu'il n'est pas le seul à qui elle a donné rendez-vous aujourd'hui. Il a le cœur serré.

— T'as oublié de signer, lui rappelle Nicolas.

Devrait-il appuyer cette pétition ou non ? se demande le jeune Laflamme. Il voudrait bien faire plaisir à Catherine, mais il y a son père. Il hésite.

— Je peux pas.

— Pourtant, tu as parlé contre le projet à la réunion, lui signale Catherine.

— Mais maintenant, mon père travaille pour cette compagnie, se défend Alain.

— Tu peux quand même signer! insiste-t-elle, stupéfaite. Protéger l'environnement, c'est plus important qu'un emploi.

Alain, effondré, constate l'impossibilité et la futilité de justifier sa décision devant Catherine. Elle, dont le père est enseignant avec une sécurité d'emploi, ne peut pas comprendre la lourdeur de vivre avec un père au chômage et une mère malade. Incapable de supporter le regard réprobateur de la jeune fille, il tourne les talons et quitte le centre commercial. Comment pourrait-il lui expliquer que, pour sa famille, l'emploi de Basile représente une bouée de sauvetage? Comment pourrait-il lui faire voir que, sans ce gagne-pain, sa famille devra retourner en arrière juste au moment où elle a recommencé à respirer, à espérer et surtout à rêver d'un avenir?

Chapitre 7

Le bleu et le vert

Nicolas s'assoit sur les marches du perron. Il prend une bouchée de la pizza qui a eu le temps de refroidir. La croûte est dure et la sauce fade. Il mange son repas sans y prendre plaisir. Sur le chemin ombragé devant chez lui, il discerne une silhouette qui marche lentement.

Un pas à la fois, Jasmine parcourt une vingtaine de mètres, s'arrête, revient sur ses pas et recommence la manœuvre. « C'est comme la marche des condamnés », se dit-elle à voix basse avec ironie. En relevant les yeux, elle voit le garçon et lui fait un bonjour de la main. Nicolas avale son verre de lait et s'empresse de rejoindre sa voisine.

— Pourquoi faites-vous les cent pas? lui demande-t-il.

— Je reste collée sur la maison parce que si je vais trop loin, j'ai peur de manquer d'énergie.

— C'est votre maladie qui fait ça?

— Et bien plus!

Nicolas sent la tristesse envahir Jasmine. Lui, qui a de l'énergie à revendre, essaye de se mettre dans les souliers de sa voisine sans y arriver. Il emboîte le pas à Jasmine. Un lent va-et-vient qui ne mène nulle part. Mais cela ne l'ennuie pas, au contraire. La présence d'un être humain, d'une oreille attentive, le réjouit.

— C'est vrai que le vert et le bleu ne vont pas ensemble?

Jasmine, surprise par cette question sortie de nulle part, s'arrête. Elle dévisage le garçon et lui demande.

— Pourquoi ces deux couleurs n'iraient-elles pas ensemble?

— Ma mère me dit toujours ça. Mais moi, je les aime une à côté de l'autre.

— Le bleu et le vert sont des couleurs chargées de sens, explique Jasmine. Certaines personnes croient qu'elles ne se complètent pas. Mais, le rassure-t-elle, si tu aimes ces couleurs, c'est tout ce qui importe.

Quelques moments plus tard, Jasmine et Nicolas se quittent. Les yeux du garçon accompagnent le lent déplacement de la femme qui remonte son entrée. Soudain, elle perd le pas et tombe durement sur le gravier. Nicolas accourt alors et l'aide à se relever. Sa voisine essuie une larme. Le garçon cherche un moyen de l'encourager.

— J'aimerais vous proposer quelque chose, énonce-t-il d'un ton grave.

Jasmine dévisage le garçon et, en entendant son idée, se demande si elle pourra relever le défi.

CHAPITRE 8

DES VISIONS QUI DIVISENT

Attablé à la cafétéria avec les autres membres des Écolos, Roberto, admiratif, feuillette la pétition. Sans hésiter, il ajoute sa signature et complimente Catherine.

— T'as pas chômé en fin de semaine.

— Nicolas non plus, ajoute-t-elle.

Un large sourire illumine le visage de l'élève de neuvième année. Les voix bruyantes bourdonnent autour d'eux. Les yeux de Catherine sont rivés sur les portes d'entrée de la cafétéria. «Pourquoi tarde-t-il à arriver?» se demande-t-elle, impatiente.

Pour se faire entendre, Marjolaine élève la voix :

— Tout le monde est là sauf Alain. Est-ce qu'on l'attend ?

— Le voilà enfin, s'écrie Roberto.

En apercevant Alain pénétrer dans la cafétéria, le cœur de Catherine se met à battre. Mais, plutôt que de rencontrer son regard, Alain se dirige vers un groupe de garçons de la douzième assis à l'autre bout de la salle. Le cœur de Catherine se serre.

— Pensez-vous qu'il a oublié notre réunion? demande Roberto.

Catherine se rappelle sa dernière rencontre avec Alain et son départ précipité sans mot dire.

— C'est peut-être à cause de moi, avoue-t-elle avec réticence. Samedi, je l'ai traité de lâche.

Catherine gigote sur le banc. Ses amis, surpris, attendent des explications.

— Il n'a pas voulu signer la pétition, précise Nicolas, à cause de son père.

— J'ai peut-être été un peu dure, admet Catherine.

— C'est facile pour toi, lui reproche Roberto. L'emploi de tes parents ne dépend pas directement de Solutions 3000.

— La pétition c'est important, renchérit Marjolaine, mais tu n'aurais pas dû le culpabiliser.

Catherine croque dans sa pomme McIntosh et regarde Alain qui rit avec ses camarades. Elle ne se défend pas, mais dans son for intérieur, elle ne démord pas de ses convictions : « S'il a des principes, il devrait y tenir. » Malgré son intransigeance, elle doit s'avouer que la compagnie d'Alain lui manque. Sans doute devra-t-elle mettre de l'eau dans son vin pour regagner son amitié.

Alain n'a pas osé se présenter devant Les Écolos. Toute la journée, il s'efforce de ne pas penser à Catherine. Cependant, c'est plus fort que lui, elle l'attire comme un aimant. Pourtant, il craint que son refus de signer la pétition ait creusé un fossé entre eux et il ignore comment le combler.

À son retour à la maison, Alain est surpris de voir sa mère dans le salon devant un carnet de croquis. «Qu'est-ce qui aurait bien pu l'inspirer?» se demande-t-il. En accrochant son manteau, il l'épie du coin de l'œil. Elle dessine des formes en bleu et en vert.

— Tu dois avoir faim, lui lance Jasmine. Je vais commencer le souper, ça ne sera pas long.

— Bouge pas, m'man, réplique Alain, je vais le faire, moi. Ça ne sera pas savoureux comme les repas à p'pa, mais…

Jasmine ne se fait pas prier.

— La bouffe a toujours meilleur goût quand quelqu'un d'autre la prépare.

Elle retourne à son carnet de croquis tandis que, dans la cuisine, Alain met un tablier et fricote une sauce à spaghetti assaisonnée généreusement de basilic et de persil. Tout en préparant le repas, il chante une chanson de Damien Robitaille :

«On est né nu, et on est mort vêtu…»

Jasmine entend la voix mélodieuse d'Alain qui lui rappelle celle, également belle, de son mari. «C'est dommage qu'on ne l'entende plus», regrette-t-elle.

Lorsque Basile met le pied dans la maison, l'atmosphère sereine disparaît inopinément. Il est tellement préoccupé qu'il remarque à peine Jasmine qui dessine toujours dans le coin du salon.

— J'haïs ça des réunions, ronchonne-t-il.

Jasmine dépose son crayon et ferme brusquement son carnet. Impossible de continuer à dessiner. Dans sa tête, elle reproche à Basile de ne pas lui demander comment s'est passée sa journée.

— Les spaghettis seront servis dans cinq minutes, annonce Alain à partir de la cuisine.

Même une fois attablé, Basile continue de râler.

— L'opposition au projet d'enfouissement des déchets grandit. Une pétition circule. Il semble y avoir pas mal de signatures. La compagnie s'énerve.

Irrité, Alain pense: «Ce projet empoisonne ma vie. Ça me brouille avec Catherine, puis là, ça me suit jusqu'ici. Il n'y a même plus moyen de manger en paix.» Il enfonce sa fourchette dans les pâtes et la fait tourner bruyamment sur l'assiette.

Basile n'a pas encore touché son repas. Exaspéré, il affirme:

— Ils veulent qu'on travaille contre les opposants au projet. Je veux pas faire de politique. Je veux juste travailler et qu'on me laisse tranquille.

Même si Jasmine croit que la politique fait partie de la vie, elle comprend la frustration de son conjoint et lui dit doucement :

— Mange pendant que c'est chaud.

Basile avale une bouchée, secoue la tête et déclare :

— Pourquoi le monde se mêle de ça ?

Alain dépose sa fourchette, dévisage son père et lui lance avec rancœur :

— Il y a des gens qui pensent aux autres et qui veulent créer un monde meilleur. Tu trouves pas que c'est plus louable que de juste mener sa petite vie ?

Le jeune homme repousse sa chaise. Le son strident des pattes grinçant sur le plancher heurte les oreilles de Jasmine qui regarde son fils tourmenté quitter la cuisine.

— Il a un peu raison, dit-elle en se rendant compte que, depuis quelque temps, elle aussi se laisse complètement absorber par ses soucis.

— Tu prends sa défense maintenant ? lui décoche Basile en quittant la table à son tour.

« Pourtant, la soirée avait si bien commencé », pense Jasmine dépitée.

CHAPITRE 9

LA MALADIE QUI RONGE

En fermant la portière de la Yaris, Alain souhaite un bon rendez-vous à sa mère. Le pas déterminé et la démarche confiante de son fils inspirent une pointe de fierté à Jasmine. « On a élevé un bon jeune. Bientôt, il quittera le nid et il ne restera plus que Basile et moi. » Elle embraye et la voiture se dirige vers le centre de santé communautaire. À présent, elle ne conduit que pour se rendre à ses rendez-vous médicaux. Elle avait pourtant toujours aimé prendre le volant. À seize ans, elle avait tout de suite entrepris les démarches pour obtenir son permis de conduire. Maintenant, conduire exige une attention accrue et l'épuise.

Tout en filant le long de la route bordée de pins, Jasmine se remémore les longues promenades qu'elle faisait dans la forêt avec Basile. Que de moments de joie! Il lui apprenait le nom des essences, elle lui faisait observer la palette des couleurs qui habillaient les arbres. Devenus parents, ils ont montré à leurs enfants comment reconnaître la différence entre le vert foncé brillant des rachitiques sapins baumiers et le vert bleuâtre de la majestueuse épinette blanche. Ils s'extasiaient à contempler les rameaux gris verdâtre pâle, teintés d'orangé. Ce souvenir lui inspire de la mélancolie. «Pourquoi ne vivons-nous plus de moments comme ceux-là?»

Jasmine arrive tôt à son rendez-vous. En poussant la porte du bureau, elle pense à tout le temps passé dans les salles d'attente. «C'est pas une vie, ça», se plaint-elle. Elle s'installe sur une chaise droite et, dans sa tête, revoit la succession de professionnels consultés depuis un an. Tous aussi compétents les uns que les autres, tous attentifs à ses besoins, mais tous incapables de la guérir. Et Amel Tazi, cet ergothérapeute, que pourra-t-il lui apprendre qu'elle ne sait déjà?

— Madame Goulet?

Amel Tazi observe la femme qui se lève péniblement pour le suivre jusqu'à son bureau. En voyant les teintes fades des murs et l'absence de décors, Jasmine affiche une grimace involontaire. Le thérapeute note que les yeux de sa cliente se posent sur l'unique tableau qui orne la pièce morne. Aussitôt, son visage s'adoucit. Tazi lui dit:

— C'est un Abderrahmane Rahoule.

Jasmine, fascinée, commente l'œuvre:

— Les formes rebondissent de la toile. L'expression est minimale, les couleurs vives et lumineuses.

— Ça me rappelle le Maroc, mon pays d'origine.

— Ici, il faut plutôt aimer le gris.

Jasmine retourne son attention vers l'ergothérapeute avec qui elle discute longuement. Elle lui confie que relever les défis du quotidien devient de plus en plus difficile, que certains jours, elle perd l'équilibre. Le docteur lui propose d'utiliser une canne pour s'aider à marcher. Jasmine, sidérée, est vivement contrariée :

— Je ne suis pas déjà rendue à ce point !

— Si ça peut vous aider à garder votre mobilité…

Tout en essuyant du revers de la main quelques larmes naissantes au coin de ses yeux, Jasmine s'ouvre au thérapeute. La dernière fois qu'elle a partagé ses chagrins, ses peurs avec quelqu'un remonte à très longtemps.

— Cette maladie me ronge. Je suis tannée de me sentir si impuissante…

Amel Tazi écoute attentivement Jasmine s'épancher. La diminution des capacités physiques accable les personnes atteintes de sclérose en plaques. Et penser qu'elles représentent un fardeau pour les gens qui les aiment les rend encore plus malheureuses. Il lui demande si elle en a parlé à son conjoint.

« L'écoute, ce n'est pas son fort. »

La réponse ne le surprend guère. Tazi comprend le désarroi de sa cliente. Il offre de rencontrer son époux, mais elle refuse catégoriquement.

« Il a bien des tracas en ce moment et… »

Jasmine s'arrête avant d'exprimer le reste de sa pensée :

« Et je veux plutôt lui enlever des soucis que de lui en créer d'autres. »

Elle quitte le bureau, encore plus résignée qu'avant à accepter la solution qui s'impose. Toutefois, l'appliquer exigera tout son courage et même un peu plus.

CHAPITRE 10

LES VISITEURS

On frappe à la porte. À partir de sa chambre, Alain entend les pas réguliers de sa mère qui se dirige vers l'entrée de la maison. La porte s'ouvre et un homme se présente.

— Nous travaillons pour l'organisme Terre vivante.

« Qu'est-ce qu'il veut, celui-là ? » se demande Alain, qui a reconnu la voix. Comme s'il cherchait à répondre à l'interrogation du jeune homme, Hugo Barboni poursuit.

— Si vous pouviez nous accorder quelques instants, nous aimerions obtenir votre appui contre le projet d'enfouissement des déchets.

— Vous voulez que je signe votre pétition ? demande Jasmine.

La jeune fille qui accompagne l'environnementaliste s'empresse d'ajouter :

— Madame Goulet, même si vous décidez de ne pas signer la pétition…

Entendre la voix de Catherine a fait sursauter Alain. Excité, il se précipite de sa chambre jusqu'au salon. Il est surpris de voir sa mère prendre la planchette.

— Tu la signes? lui demande Alain, incrédule.

— Puisque je suis contre, lui répond-elle en apposant sa signature.

En croisant le regard de Catherine, Alain décèle un air de triomphe qui lui fait baisser les yeux. Barboni, qui a reconnu Alain, s'avance et lui serre amicalement la main.

— Vous avez parlé avec éloquence à la réunion d'information. Tout comme votre mère, vous avez le courage de vos convictions. Demain soir, il y a une autre réunion et Guy Malenfant, le ministre des Richesses naturelles, y sera.

Catherine tend un feuillet publicitaire à Jasmine qui lui fait signe de le donner plutôt à son fils. Sa main touche alors celle d'Alain. Un frisson traverse le corps de l'adolescent qui se met à espérer qu'il pourra à nouveau rentrer dans les bonnes grâces de son amie. Alain voudrait bien passer un moment de plus en compagnie de Catherine. Il cherche alors un prétexte pour la retenir.

— Si tu as un moment, je voudrais ton avis au sujet de quelque chose.

Le visage d'Alain trahit ses émotions. Barboni sourit en pensant à ses premières amours, et il dit à son acolyte:

— Il ne nous reste que la maison en face. Je peux passer te reprendre quand j'aurai fini.

Catherine acquiesce tout en se demandant quel genre d'avis recherche son ami. Perplexe, elle suit Alain qui l'entraîne vers la cour derrière la maison.

« Que vais-je lui demander ? » se questionne le jeune Laflamme, qui se sent piégé par sa propre stratégie. Il doit trouver un prétexte crédible et rapidement. Devant la platebande, le langage corporel de Catherine montre qu'elle attend une explication.

— Cette fleur pourpre là, balbutie nerveusement Alain, saurais-tu comment je pourrais lui donner un deuxième souffle ?

Catherine, surprise, se penche vers la plante qui se meurt. Elle l'examine pendant un long moment. Elle sent le corps d'Alain accroupi à ses côtés, et sa main qui se pose sur la sienne. Une bouffée de chaleur l'envahit.

Alain voudrait la prendre dans ses bras et l'embrasser. Mais poser ce geste demande de l'audace, du courage qu'il ne possède pas. Catherine qui n'attend que cela sent l'hésitation de son copain. Elle lui prend la main et le tire vers elle. Leurs lèvres se rencontrent juste au moment où la voix de Jasmine annonce le retour de Barboni.

CHAPITRE 11

L'ÉPUISEMENT

Satisfaite, Jasmine admire son travail. «C'est plutôt joli», se félicite-t-elle en plaçant la petite toile dans une enveloppe jaune canari. Elle y ajoute un carton: *Étude en vert et bleu pour Nicolas.*

Mettre les dernières touches à son tableau l'a vidée. Son corps qui crie qu'elle en a trop fait l'implore de se reposer. Mais elle est bien décidée à aller livrer la toile. Elle range l'enveloppe dans le sac en bandoulière placé autour de son cou. Ses mains libérées, Jasmine saisit ses cannes près de la porte. Elle n'a toujours pas pris l'habitude de se promener avec ses béquilles. Elle essaye de s'encourager: «Au moins, ça m'oblige à me tenir droite et à bien placer le pied afin de conserver l'équilibre.» Toutefois, elle se croit trop jeune pour avoir recours à des « bâtons de vieillesse ».

Déterminée, Jasmine se rend au bout de l'entrée, traverse le chemin de terre et arrive devant la demeure des Potvin où elle s'arrête devant les quatre marches du perron pour reprendre ses forces. Poser son regard sur la peinture rouge défraîchie de la maison lui inspire une réflexion morne: «Elle était pourtant belle à une époque; maintenant, elle paraît aussi fatiguée que moi.» Jasmine se lance à la conquête des marches. Une à la fois, lentement. Enfin, elle dépose l'enveloppe entre les deux portes. Elle soupire de satisfaction, fière d'avoir relevé le défi que lui avait lancé Nicolas, fière aussi d'avoir réussi à livrer son cadeau elle-même.

En rebroussant chemin, à chaque pas, elle sent son corps s'alourdir. Arrivée à la route, elle délaisse ses cannes afin de traverser la rue plus rapidement. Peu de voitures circulent sur ce chemin de campagne, mais règle générale, elles roulent rapidement. Au milieu de la rue, elle trébuche et perd l'équilibre. En tentant de se ressaisir, elle fait un geste brusque et pirouette vers le sol poussiéreux. Elle entend au loin le son d'un camion qui approche. Elle doit se relever, mais elle n'en a pas la force. «Si je reste ici, je pourrais mettre fin à mes tracas», s'imagine-t-elle.

Une pensée pour le chauffeur du véhicule et le traumatisme qu'il vivrait s'il écrasait son corps la pousse finalement à se mettre à ramper. Elle avance péniblement quelques centimètres à la fois. Elle atteint l'autre côté du chemin juste au moment où un poids lourd passe à toute vitesse sans la voir. Jasmine, le cœur battant, se relève péniblement et reprend son trajet en s'appuyant sur ses cannes. «J'aurais dû les utiliser!» peste-t-elle.

L'entrée qui mène à la porte de la demeure ne lui a jamais semblé aussi longue. Pour s'encourager, elle fredonne un air de Strauss et se traîne péniblement au rythme de la valse. «Un, deux, trois, un pied en avant; un, deux, trois, un deuxième pas.»

Une fois rentrée chez elle, elle s'écrase sur le divan. Elle examine sa peau qui chauffe là où les cailloux l'ont égratignée. Elle devrait désinfecter les plaies, mais c'est au-delà de ses forces et son corps meurtri refuse de bouger. Si Alain ou Basile la trouvent ainsi, que va-t-elle leur dire? Et eux, que diront-ils? Rien. Pourtant, elle saura ce qu'ils pensent.

Elle ferme les yeux en songeant qu'il serait bon de ne plus avoir à les ouvrir jamais, de ne plus avoir à vivre ce cauchemar qui va inéluctablement empirer.

CHAPITRE 12

LE MINISTRE SURPRIS

Alain, assis près de Roberto, scrute la foule qui attend impatiemment le début de la réunion. Ce sont tous des gens qu'il connaît. Hugo Barboni le salue de la tête. Il retrouve facilement la crinière brune de Catherine et se rend compte que son amie a attiré d'autres regards. Un homme armé d'une caméra vidéo s'approche de la jeune fille qui brandit un écriteau : *Ne touchez pas à notre eau.* Sur l'appareil, Alain reconnaît le logo de la Société Radio-Canada, la pizza. Il tape le bras de son voisin et lui souffle à l'oreille :

— On ne les voit pas trop souvent dans le Nord, ceux-là.

— Ils sortent rarement de leur tanière, note Roberto sarcastiquement.

À ce moment, un homme, flanqué de Josh Richardson et du maire Trudel, entre dans la salle et se dirige avec assurance vers la table placée en avant. Les yeux d'Alain examinent l'inconnu à l'allure élégante et sérieuse. L'homme scrute la foule comme s'il cherchait à prendre le pouls de son public afin de mieux le charmer. Alain s'interroge sur la raison de sa présence et se met à craindre qu'il soit là pour défendre les intérêts de l'entreprise.

Le maire prononce à peine quelques mots avant de céder la parole à Richardson. Alain écoute distraitement les propos de l'entrepreneur qui répète tel un mantra :

— Nous sommes ici pour créer des emplois…

Enfin, le ministre Guy Malenfant s'adresse au groupe. La voix claire et confiante du politicien résonne dans la salle. Alain se raidit sur sa chaise. Malenfant ponctue ses phrases comme si chacune valait son pesant d'or.

— Le gouvernement de l'Ontario est heureux d'appuyer ce projet de Solutions 3000. Non seulement cette entreprise offre-t-elle des solutions aux problèmes de gestion des déchets, mais elle tient à investir davantage dans cette région durement frappée par le chômage. C'est pourquoi le ministère des Richesses naturelles a consenti à lui vendre les terres de la Couronne qui se situent à l'est de la mine.

Catherine frappe alors son écriteau sur le sol afin d'attirer l'attention.

— Pas notre lac ! C'est là qu'on va se baigner.

Sans hésiter, Roberto enchaîne :

— On a toujours chassé sur ces terres.

Richardson intervient :

— Oui, mais leur mise en valeur nous permettra de grandir et d'assurer la prospérité de la région…

Barboni interrompt l'entrepreneur.

— Et surtout la vôtre !

Il dévisage Malenfant et lui lance sur un ton sarcastique :

« Et c'est à un prix d'ami que l'Ontario vendra ces terres ? »

Malenfant passe en mode défensif :

— La province cherche toujours à investir dans les emplois. C'est bien ça que vous voulez ici, du travail ?

Un bourdonnement se fait entendre dans la salle. Personne ne peut nier que la communauté veut désespérément des emplois, mais les gens ne savent pas trop comment réagir à cette annonce pour le moins déroutante.

Barboni revient à la charge :

— Le prix de vente, c'est combien ?

Malenfant, visiblement embarrassé, se retourne vers Richardson. Le ministre cache mal son étonnement de rencontrer de la résistance. Le journaliste de Radio-Canada cuisine le politicien à son tour. L'homme, frustré d'avoir fait une mauvaise lecture de la situation, finit par révéler la somme prévue de la vente. Barboni s'exclame :

— Mais c'est inférieur à la valeur marchande !

Alain, indigné, se lève d'un bond et déclare :

— Et si on vous en offre le double ?

Tous les yeux se tournent vers Alain. Richardson, qui sent que tout est en train de déraper, s'empresse d'affirmer :

— Je doute, jeune homme, que vous ayez la somme requise.

Alain regarde autour de lui et lance un cri du cœur.

— Ensemble, on la trouvera.

— Ça ne pousse pas dans les arbres, décoche Richardson sur un ton condescendant.

— On n'a pas besoin de leçons sur comment travailler pour gagner de l'argent ! proteste Paul Côté, un ancien mineur.

Alain reprend la parole :

— Moi, je suis pauvre, mais je suis prêt à donner les premiers cinq cents dollars.

Les gens s'agitent et Côté se lève :

— Moi, je suis bon pour mille…

De nombreuses voix s'ajoutent à celles d'Alain Laflamme et de Paul Côté pour offrir des sommes de plus en plus grandes. La tournure des événements agace Malenfant. L'enfouissement des déchets demeure un problème épineux. Il s'en veut d'avoir cru Richardson qui lui avait promis un accueil favorable de la population de Rivière-la-Loutre à son annonce. Devant ses yeux, il voit naître une opposition farouche qui pourrait devenir le pire cauchemar d'un politicien : composer avec des revendications d'un groupe de citoyens outrés. Il prévoit déjà les enjeux qui le forceront à prendre des décisions difficiles dans ce dossier.

L'entrepreneur Richardson fait un calcul très différent. Si enjôler la communauté ne fonctionne pas, il pourra toujours diviser pour régner. De plus, il peut compter sur la complicité du maire de Rivière-la-Loutre qu'il a mis dans sa poche.

CHAPITRE 13

L'AFFRONTEMENT

Basile brandit *La Voix du Nord,* le journal de Rivière-la-Loutre, et le dépose brusquement sur la table devant son fils.

— T'es fier, hein!

Alain sent la rage de son père. Il a déjà vu la une du journal et la manchette « Laflamme galvanise la foule » avec sa photo, debout, le regard enflammé. Pour éviter d'attiser la colère de son père, il reste muet. Mais son silence met de l'huile sur le feu.

— Pourquoi tu fais ça? lui demande Basile.

Alain tente enfin de justifier ses actions.

— Si quelques dollars peuvent sauver la forêt, le lac, la qualité de notre eau potable, notre mode de vie…

— Ton mode de vie, l'interrompt Basile, dépend de l'argent que Solutions 3000 me donne.

Agacé, Alain réplique:

— La compagnie te donne quoi? Rien. Elle ne fait que te payer pour ton travail. Sans travailleurs, l'entreprise n'existerait pas et les profits qui vont dans les poches de ses propriétaires non plus.

Surpris par le raisonnement de son fils, Basile reste momentanément bouche bée avant de revenir à la charge.

— Selon l'article, tu aurais offert cinq cents dollars! Où vas-tu les prendre?

Alain, las de ce dialogue de sourds, quitte la table.

«Compte pas sur moi pour t'aider!» crache son père d'un ton ferme. Jasmine entend claquer la porte de la maison. Tristement, elle dévisage Basile.

— Notre fils a du cœur, lui rappelle-t-elle.

Basile met ses mains devant son visage. Le fossé qui le sépare de son enfant vient de s'agrandir, une fois de plus.

— Je sais… balbutie-t-il, honteux. C'est que… au travail, on m'a dit que si je veux garder mon emploi, je ferais mieux de contrôler mon gars.

— Renvoyer un employé pour cette raison est illégal, proteste Jasmine.

Basile la rabroue:

— La compagnie se fout de la légalité. Elle a une armée de bons avocats. De toute façon, je n'ai pas encore terminé ma période d'essai, alors le *boss* n'a qu'à dire que je ne fais pas l'affaire.

Jasmine se sent à nouveau prise entre les préoccupations de son fils et celles de son mari.

CHAPITRE 14

ACCOLADES ET MENACES

Catherine prend le bras d'Alain. Depuis leur premier baiser, ils ont retrouvé leur vieille amitié et davantage. Heureux de sentir la chaleur de la main de la jeune fille sur son bras, il se laisse guider jusqu'à la cafétéria où ils s'attablent avec les autres membres du groupe Les Écolos.

Lorsqu'il s'était prononcé à la réunion, Alain n'avait aucune idée que son intervention spontanée susciterait autant d'émoi, notamment la foudre de son père et l'admiration de Catherine. Il ne se voyait ni comme un vilain ni comme un héros. Il avait tout simplement réagi à une situation qui l'avait outré. Du fond de ses tripes, il croit que la forêt appartient à tout le monde et qu'elle ne devrait pas passer dans les mains d'un type comme Richardson qui s'intéresse uniquement au profit.

Malgré lui, Alain est devenu le visage de la contestation contre le projet de Solutions 3000. Plusieurs articles et reportages font allusion à la flamme de Laflamme, et au fait que son cri du cœur a donné de l'espoir et le goût de se battre à des gens qui se voyaient paralysés par un sentiment d'impuissance devant une situation qui les dépassait. Dès le soir de la réunion, Terre vivante a mis en place un mécanisme de collecte de fonds en vue de l'achat des terres de la Couronne. On a baptisé le projet : *À nous, la terre.*

Roberto, content de la réintégration d'Alain dans leur groupe, lui confie son malaise de voir Barboni s'approprier son idée d'acheter la forêt.

— Ça te dérange pas ?

Catherine s'empresse de se porter à la défense de Barboni.

— L'important, c'est de faire avancer le dossier et de bloquer le projet. Voilà où nous devons mettre nos énergies.

Roberto applaudit mollement, et d'un ton railleur s'exclame :

— Tu parles comme une politicienne maintenant ! Pourtant, tu serais la première à être offusquée si on te faisait le coup.

Incapable de le nier, la jeune fille se tait.

— Tant mieux si Barboni s'en occupe, tranche Alain. Je veux bien partager mes idées. Ma priorité est ailleurs. Si un jour je veux sortir de ce trou, je dois surtout m'occuper de réussir à l'école.

Quelques heures plus tard, la journée scolaire terminée, Alain peut enfin respirer. « Des évaluations le même jour dans tous mes cours, c'est inhumain ! » se plaint-il.

— Hé! Laflamme!

Alain se retourne pour faire face à Roger Trudel, qui fait tournoyer ses verres fumés du bout des doigts.

«Tu penses que t'es quelqu'un maintenant…»

Alain tente d'ignorer le quolibet. Il connaît bien Roger. Un beau garçon, musclé, qui n'a que deux intérêts: les sports et les filles. Grâce à son père, le maire de Rivière-la-Loutre depuis plus de dix ans, et à sa mère, la riche héritière de son paternel qui avait fait fortune dans le commerce du bois, Roger ne manque de rien et surtout pas d'amis qui profitent de son argent et de sa voiture de sport rutilante. Même s'ils sont dans les mêmes classes, les deux garçons ne sont pas copains. Roger s'approche d'Alain et, d'une voix menaçante, l'avertit:

— La politique, c'est pas pour toi. Arrête de te mêler de ce qui ne te regarde pas.

— C'est l'affaire de tout le monde, décoche Alain. Autant la mienne que la tienne.

— Écoute-moi, Laflamme. Si tu tiens à ta gueule même si elle est laide…

Telles deux épées tirées de leur fourreau pour s'affronter en duel, les regards hostiles d'Alain et de Roger se croisent.

Alain ne relève pas le défi et tourne le dos à son adversaire. La menace de Roger résonne dans ses oreilles:

«Tu ne perds rien pour attendre.»

CHAPITRE 15

LE PÂTISSIER

Nicolas suit la recette à la lettre. C'est la première fois qu'il prépare un gâteau et il tient à le réussir. Tout est mesuré minutieusement et assemblé dans un large bol. D'un geste trop rapide, il verse la farine sur les autres ingrédients. La fine poudre est projetée dans l'air juste au moment où, subitement, Simone Potvin entre dans la maison. En voyant son fils enfariné, elle pouffe de rire.

— T'es censé mettre la farine dans le bol, mon chéri.

Nicolas rougit, puis rit à son tour. Simone voit son reflet dans la vitre de l'armoire. Son rire s'estompe. Le maquillage réussit à peine à cacher les signes de fatigue sur son visage aux traits tirés, ses cernes et ses yeux pochés.

— Je travaille ce soir, j'ai juste le temps de me rafraîchir. Mais je mangerais bien un morceau.

Nicolas, sentant la lassitude de sa mère, s'active. Quelques instants plus tard, Simone, debout dans la cuisine, avale un sandwich au jambon préparé par son fils. Entre deux bouchées, elle le taquine.

— Il va être bon, ton gâteau.

— C'est pour Jasmine.

— Dommage qu'il ne soit pas pour moi.

Nicolas se demande comment sa mère fait pour garder le sens de l'humour. Il est toujours surpris qu'elle tienne encore debout après ses longs quarts de travail. Il ignore cependant que Simone aussi se demande comment elle fait. « Si au moins son père pouvait nous aider un peu, je pourrais travailler moins », rumine-t-elle avec amertume. Il lui arrive souvent de vouloir rendre son tablier. Mais elle se rappelle Nicolas et cela lui donne l'énergie de continuer. Même si elle se considère chanceuse d'avoir du travail, elle regrette que son fils soit si souvent laissé à lui-même.

— Dimanche, je serai en congé, nous ferons un pique-nique, promet-elle en quittant la maison.

Nicolas se sent à nouveau seul. Très seul. Il sait qu'il n'y aura pas de pique-nique. Sa mère, épuisée, passera plutôt une bonne partie de la journée à récupérer au lit. Comme toujours. Cela le peine, mais il ne lui en veut pas.

Le jeune chef se remet à la tâche en se disant à voix haute: «Si je réussis ce gâteau, j'en ferai un deuxième juste pour maman.» En relisant la recette, il constate qu'il lui manque du lait. Son enthousiasme se refroidit. Il soupire en pensant qu'il devra se rendre en ville à bicyclette.

Chapitre 16

Le désespoir

Assise à la table de cuisine et absorbée dans ses pensées, Jasmine, le regard vide, serre la bouteille de plastique orange dans sa main. Une grande lassitude l'habite. Chaque petit effort exige de plus en plus de temps de récupération. Il n'y a pas si longtemps, les médicaments atténuaient sa fatigue et ses spasmes musculaires. À présent, son corps s'adapte mal à ses nouvelles drogues. Rares sont les nuits de bon sommeil. Elle se sent agitée, impatiente, anxieuse même. Il faudrait chercher de l'aide, mais auprès de qui ? Basile qui accepte difficilement sa maladie ? Alain ? Ce serait injuste d'embêter son fils en lui imposant ses problèmes. Sa solitude se conjugue à sa souffrance.

Assister aux confrontations continuelles entre son fils et son conjoint la terrasse. Elle n'a plus la force de s'interposer. Comment le pourrait-elle ? En effet, elle doit consacrer le peu d'énergie qu'il lui reste à surmonter les défis quotidiens. Elle a perdu le goût de lutter contre sa maladie incurable. À quoi bon, puisque le bonheur reste inatteignable.

Des pensées suicidaires flottent et s'accrochent à l'esprit de Jasmine. Encore une fois, elle se sent coincée dans un étroit tunnel noir qui se rétrécit. Or, en ce moment, la clarté qui la guide habituellement hors de cette noirceur ne se manifeste pas. Convaincue qu'elle n'arrivera jamais au bout du tunnel, elle croit que cette lumière s'est éteinte pour de bon.

Soudain, un son sourd la fait sursauter. Un oiseau en plein vol a heurté violemment la fenêtre et glisse vers sa mort, laissant sur la vitre des bouts de plumes noires et deux longs filets de sang.

Tel un automate, Jasmine ouvre la bouteille et verse une cinquantaine de comprimés sur la table. Une pilule s'échappe de ses doigts et roule par terre. Sa main tremblante saisit la bouteille de vodka : « Ça sera mieux pour tout le monde », murmure-t-elle. Elle avale une pilule, puis une deuxième, puis une troisième…

Chapitre 17

Faire mine de rien

« J'espère qu'elle aime le citron », pense Nicolas en cognant à la porte. Personne ne répond. Ce silence le surprend puisque Jasmine s'éloigne rarement de chez elle. Il tourne la poignée et la porte s'ouvre.

—Bonjour! crie Nicolas en entrant dans la maison.

Jasmine pâlit. Sa main s'arrête devant sa bouche. La voix qui l'interpelle lui semble si lointaine. Pourtant, elle la reconnaît. Un long frisson traverse son corps. Paniquée, elle essaye de remettre les pilules encore sur la table dans la fiole sans y parvenir.

En pénétrant dans la cuisine, Nicolas s'étonne de voir Jasmine affaissée sur une chaise. Comme pour expliquer son intrusion, il marmonne :

— Désolé. Euh… je voulais livrer ce gâteau pour vous remercier pour l'œuvre d'art que vous m'avez donnée. Vous avez plus que relevé le défi.

Malgré la somnolence qui la gagne, Jasmine s'efforce de sourire.

— J'ai fait tomber ma bouteille de pilules, explique-t-elle. Tu peux m'aider à les remettre dans la fiole?

Nicolas dépose le gâteau qui a pris la forme d'une selle de cheval. Il glisse les deux mains sur la table pour regrouper les pilules et ensuite les replacer dans le contenant. La respiration saccadée et bruyante de Jasmine le fait sursauter. La femme cherche l'air et, haletante, lui avoue:

«Je ne me sens pas bien. Si on marchait un peu…»

Nicolas s'empresse d'aider Jasmine à se lever. Ils font quelques pas en chancelant. Le halètement de la femme ralentit pour devenir à peine perceptible.

— Inspirez, aspirez… inspirez, aspirez, répète Nicolas en appliquant une technique qu'il a vue dans un documentaire à la télévision.

Peu à peu, Jasmine respire plus aisément. Sa batterie est à plat, mais elle entend de plus en plus clairement les encouragements du garçon qui la guide.

— Ces quelques pas m'ont creusé l'appétit, dit-elle d'une voix faible.

Nicolas ramène promptement Jasmine à la table. D'un œil lourd de sommeil, la femme suit les mouvements du jeune homme qui ouvre les armoires pour dénicher des fourchettes et des assiettes. Elle entend à peine le compliment de Nicolas au sujet des motifs de vaches qui ornent sa porcelaine. Lorsque le garçon place un généreux morceau de gâteau devant elle, le cœur lui lève, mais elle s'oblige à prendre une bouchée. Sentant que Nicolas guette sa réaction, elle s'exclame :

« Mmmm… c'est délicieux ! »

Les papilles gustatives de Nicolas confirment la succulence du gâteau malgré son apparence douteuse. Jasmine avale quelques autres petites bouchées. Son hochement de tête occasionnel cache sa grande fatigue et elle déploie des efforts surhumains pour rester éveillée. Elle capte certains mots : art, recyclage – sans parvenir à faire les liens entre eux, à saisir le sens de ce que lui raconte son interlocuteur.

« Je vais m'étendre sur le divan pour un p'tit moment », dit-elle en se dirigeant vers le salon.

Nicolas saisit la bouteille de vodka qui traîne toujours et la range dans un placard avec d'autres bouteilles de boisson. Avant de quitter la maison, il jette un regard rempli de sollicitude sur la femme étendue et recroquevillée sur elle-même.

Jasmine n'entend pas la porte se fermer. Elle sent un épais brouillard l'envelopper et se demande si elle se réveillera de ce lourd sommeil.

Chapitre 18

Dans mon île

Le corps souple d'Alain s'élance, sa main saisit le frisbee vert fluorescent et, d'un lancer sec, le renvoie à Nicolas. Le disque fend l'air et traverse l'espace rapidement. Agile comme un couguar, Nicolas bondit à son tour.

— J'aime ça les journées pédagogiques! s'écrie-t-il en attrapant adroitement le disque.

Tout en lançant et relançant le frisbee, Alain se creuse la tête. Comment réussira-t-il à amasser les cinq cents dollars promis à la cause d'*À nous, la terre*? Au moment d'annoncer ce gage à la réunion, ses intentions étaient bonnes. Cependant, quand on est sans le sou, une somme modique représente une petite fortune. Au cours des années, il a souvent vu des élèves organiser des collectes de fonds comme des dansethons ou des bercethons. Mais lui-même a toujours abhorré quémander des sous aux gens pour commanditer des activités inutiles. Préoccupé par ses pensées, Alain ne voit pas venir le frisbee qui l'atteint en plein visage avant d'aboutir au sol. Abasourdi, le rêveur porte sa main à sa joue où il ressent une vive douleur. Nicolas accourt et, en voyant la rougeur sur la peau, se confond en excuses.

— Je ne voulais pas te frapper, balbutie-t-il.

— C'est moi qui étais dans la lune, le rassure Alain en ramassant le frisbee.

Soudain, un grincement de freins attire leur attention. Le camion de recyclage s'arrête brusquement devant la maison. Le travailleur descend du véhicule et se met à vider le contenu de leurs boîtes bleues dans les compartiments de son camion. Sa besogne accomplie, il repart.

— Au moins chez vous et chez nous, on recycle, affirme Nicolas avec satisfaction. Dans ma classe, plein d'élèves jettent des affaires recyclables aux poubelles. L'autre jour, une fille a lancé du papier dans la corbeille. Quand je lui ai fait remarquer que c'était aussi facile de le placer dans la boîte à recyclage, elle a rétorqué que, dans un grand pays comme le nôtre, il y a en masse de place pour nos déchets.

— Il faut dire que les gens placent moins d'ordures au bord de la route depuis la mise en place du programme de recyclage.

— Pourtant, on pourrait en faire tellement plus. Tu sais, là où j'habitais avant, dans l'île

Hornby, il n'y a pas de dépotoir. Le déchet est presque éliminé. On devrait être capable de faire ça partout.

Alain écoute Nicolas s'enthousiasmer. Il sourit en pensant qu'il y a peu de temps, la voix de son voisin l'agaçait. À présent, il aime bien la compagnie de ce jeune garçon. Il pense : « Il est devenu comme mon petit frère. »

« Là-bas, chaque samedi, il faut transporter son recyclage à un dépôt. Ici, même si on le ramasse à la porte, il y a encore des gens qui ne prennent pas la peine de recycler ! C'est épouvantable ! s'insurge Nicolas. C'est sûr qu'à Hornby, l'espace très limité et les coûts élevés de sortir les déchets de l'île motivent les habitants à bien les gérer. Mais c'est pas juste ça. Ils ont compris que c'est essentiel. Ils ont même créé un magasin gratuit géré par des bénévoles. »

— Comment ça, un magasin gratuit ? demande Alain, intrigué.

— Plutôt que de jeter leurs vêtements, leurs livres, leur peinture ou leurs meubles, les gens apportent ce qu'ils ne veulent plus à un endroit désigné. Si ces objets plaisent à d'autres habitants, ils n'ont qu'à les prendre. Ça ne coûte rien à personne. Si jamais tu visites Hornby, va voir la salle de toilette bâtie à côté du centre de recyclage et du magasin gratuit.

— Il doit bien y avoir autre chose à visiter dans ton île !

— Oui, oui, il y a des pygargues, la plage. Mais je te jure que la salle de toilette vaut le détour. C'est une œuvre d'art, toute construite avec des matériaux recyclés. Elle est colorée, fonctionnelle et écologique. Ta mère adorerait ça.

Alain s'anime :

— Nicolas, t'es génial. Voilà la solution à mes soucis d'argent !

Les yeux de Nicolas s'écarquillent.

« Je t'expliquerai plus tard », promet Alain qui part sans en dire plus.

CHAPITRE 19

LE PASSERIN INDIGO

La maison est silencieuse. Nicolas savoure une bouchée de gâteau suivie d'une gorgée de lait. Il relit la note laissée sur la table par sa mère. « Délicieux! N'oublie pas de me réveiller. » Nicolas sourit faiblement en pensant à sa mère endormie. Il ne la réveillera pas, ils n'iront pas pique-niquer. En plaçant son verre dans l'évier, il regarde par la fenêtre. Rien ne bouge chez les Laflamme. Il pense à Jasmine. Il aimerait être artiste comme elle. Poussé par une inspiration soudaine, il décide de lui offrir un dessin.

Il se met à la tâche et tente de reproduire la photo d'une fleur qu'il a découpée dans une revue. Après quelques minutes, découragé, Nicolas détruit cette première tentative en noircissant le dessin de larges traits. Il continue de croire qu'il y arrivera. Après un deuxième et un troisième essais, il se raisonne: « C'est bien plus difficile que je pensais. Les fleurs, ça ne marche pas. »

L'oreille de Nicolas décèle le chant aigu d'un oiseau. Sur sa terrasse, il tente de repérer le chanteur en regardant dans la direction du son, un net tzik, tzik. Il lève les yeux vers la cime d'un arbre et dirige ensuite son regard vers le bas. Enfin, à travers les branches, il perçoit des plumes couleur indigo. « C'est un mâle », déduit-il. Émerveillé, Nicolas se rapproche furtivement de l'oiseau. Il ne veut surtout pas l'apeurer. Avec mille précautions, il évite de marcher sur le vieux bois sec qui jonche le sol pour ne pas le faire craquer. Les yeux braqués sur l'oiseau noir et gris, il observe ses pattes noires et son bec conique court.

« Suît-suît, suît-suît. » L'air complexe enchante Nicolas qui remarque les notes doublées, les phrases claires, rapides et haut perchées qui redescendent en tonalité. Pendant plusieurs minutes, il écoute l'oiseau qui entonne un solo riche en couleur. Son concert terminé, le chanteur disparaît dans un battement d'ailes. En suivant le trajet de l'oiseau, Nicolas distingue une plume, puis une autre, flottant doucement dans l'air, vers lui, comme un remerciement au spectateur attentif. De sa main entrouverte, il les saisit.

De retour à la maison, il consulte fébrilement son livre d'oiseaux. « Un passerin indigo ! » s'exclame-t-il tout haut en parcourant l'information. Il s'offusque d'apprendre que ce petit passerin est un oiseau de cage populaire en

Europe et au Mexique. «C'est écœurant!» Son indignation lui inspire une idée.

Nicolas se promène dans la maison et rassemble des objets disparates: des morceaux de bois, de la colle, des pinces et des restants de peinture. Il dévale les escaliers qui mènent au sous-sol et revient avec du fil de fer. Il dépose le tout sur la table à côté des plumes indigo et observe longuement ses trésors étalés. Enfin, il attaque son projet. Pendant des heures, il se perd dans sa création.

Le lendemain après-midi, l'autobus scolaire s'arrête bruyamment au bout de l'entrée. Nicolas bondit hors du véhicule orange. Il est heureux de découvrir Jasmine assise devant la maison. Il court chez lui, dépose son sac à dos et ramasse un objet qu'il emballe rapidement dans du papier journal.

La femme, assise dans une chaise longue trop grande pour elle, lui semble plus fragile que d'habitude et ses gestes lents trahissent sa faiblesse physique.

— Ça va mieux aujourd'hui?

— Comme toujours, lui répond Jasmine.

Elle regarde Nicolas avec affection avant d'ajouter:

«Ta visite de jeudi m'a fait un bien énorme.»

— Je ne peux pas imaginer comment c'est de vivre avec cette maladie.

— Parfois, c'est comme si un autre habitait mon corps et le contrôlait. Je ne me reconnais plus.

Gêné, Nicolas s'approche de la femme et lui tend un paquet.

— Je ne sais pas comment vous étiez avant, prononce-t-il timidement, mais je vous aime bien comme vous êtes maintenant.

Jasmine, surprise de recevoir un cadeau du garçon, le déballe avec attention. L'offrande l'émerveille. Elle tient l'objet d'art et l'examine sous toutes ses coutures.

— C'est le genre d'œuvre qui peut transformer une vie, déclare-t-elle.

CHAPITRE 20

TRISTE MINE

Basile tourne et retourne la carte professionnelle dans sa main. S'asseoir dans une salle d'attente l'étouffe et son malaise se transforme en agitation. Il croise et décroise les jambes. Néanmoins, il prend son mal en patience parce qu'il espère que cette rencontre l'aidera à mieux comprendre la souffrance de sa conjointe. Lorsqu'enfin il se trouve devant Amel Tazi, il enfouit la carte de l'ergothérapeute dans une poche.

— Ravi de faire votre connaissance. C'est Jasmine qui vous a demandé de venir ?

— Votre carte traînait sur la commode... Je pensais que vous pourriez m'aider à...

Basile hésite. Signe de son émoi, son œil gauche sautille légèrement. L'homme parfois rude n'a pas l'habitude de s'épancher. Il cherche les mots pour exprimer son désarroi. D'un geste de la tête, le docteur l'encourage à continuer.

« ... à mieux composer avec la maladie. À mesure qu'elle progresse, elle nous ronge. Ma relation avec Jasmine, avec mon fils s'effrite. Tout m'impatiente. Je perds le contrôle. »

Le docteur Tazi connaît les difficultés physiques qu'affrontent les personnes atteintes de la sclérose en plaques. Souvent, elles doivent modifier, voire cesser leurs activités. L'impact émotif de la maladie est également dévastateur. Les rapports des malades avec les autres changent. Certains proches veulent les surprotéger, d'autres s'en éloignent ou les délaissent. Certains ne réussissent pas à faire le deuil de la personne qui ne sera plus jamais celle qu'ils ont connue et aimée. Comme s'il avait lu dans les pensées de l'ergothérapeute, Basile se résigne à se confier :

« Depuis quelque temps, elle est devenue plus triste, plus distante. C'est comme si un fossé nous séparait et j'ai peur de la perdre. Parfois, j'ai l'impression qu'elle n'a plus le goût de vivre. »

Amel Tazi dévisage l'homme désemparé.

— Lui avez-vous expliqué ce que vous ressentez ?

— C'est difficile... Elle a toujours été la force de la famille, celle qui ramasse les autres, qui les encourage, qui les fait rire. Dès notre première rencontre, elle est devenue mon phare. J'ai le sentiment de me trouver sans boussole.

— C'est peut-être à votre tour d'être le guide ?

Basile lève les mains vers le ciel :

— Je ne sais pas comment…

— Suivez votre cœur. Il vous montrera la bonne direction.

Basile se sent encouragé. Il remercie l'ergothérapeute qui lui dit :

« J'ai vu la photo de votre fils dans le journal. Vous devez être fier de lui. »

Basile s'assombrit, car ces paroles lui rappellent l'ultimatum que lui a lancé son patron. Entre perdre son emploi et perdre son fils, peu importe la route qu'il choisira, il craint qu'elle le mène à un cul-de-sac.

Chapitre 21

Corps ailé

Alain s'assoit près de sa mère qui ramasse la sculpture sur la table.

— C'est un cadeau de Nicolas. Il l'a nommé *Corps ailé*, précise Jasmine.

— La pièce porte bien son nom.

Jasmine examine minutieusement la sculpture confectionnée d'objets recyclés. La forme créée par du fil de fer cuivré enroulé autour d'un morceau de bois arrondi évoque une personne. Attachées au corps, deux petites ailes indigo.

— Elle me ressemble, affirme-t-elle en admirant le travail de l'artiste. Elle a le goût de battre des ailes, de s'envoler, mais son corps l'emprisonne.

— Tu te sens comme ça? s'étonne Alain, ébranlé.

— La plupart du temps.

— Pourquoi tu n'en parles jamais?

— Se lamenter devant les autres, ça ne sert à rien, soupire-t-elle.

— Ça nous aiderait à mieux comprendre ce que tu vis.

— Même moi ça me dépasse. Alors, comment veux-tu que je l'explique à d'autres?

— En essayant de le décrire, ça te ferait peut-être du bien.

— Je ne veux pas t'ennuyer avec mes problèmes. Il faut que tu profites de ta jeunesse et de toutes les bonnes occasions qui passent.

— T'as plus le goût de vivre? lance-t-il comme une accusation.

— Moi, c'est pas pareil, se défend Jasmine. Moi, je me dirige vers une impasse. Toi, tu as la vie devant toi…

— Tu m'as toujours dit qu'il ne fallait jamais s'arrêter de lutter, lui reproche Alain.

Les yeux de Jasmine évitent ceux de son fils et contemplent le *Corps ailé.*

— Elle est faite pour voler.

Alain prend la sculpture des mains de sa mère. Est-il allé trop loin?

— T'as raison, je vais l'accrocher au bout d'un fil au plafond. Comme ça, le vent la fera virevolter, lui donnera un souffle de vie…

— Le sentiment d'être libre.

Alain suspend le *Corps ailé* d'abord au-dessus du divan. Mais sa mère juge l'endroit inapproprié et il le déplace donc près de la fenêtre.

«Ça ne va pas non plus, décide Jasmine. Accroche-le donc un peu à la droite.»

«Pourvu que ça soit la dernière fois», se frustre Alain bien qu'il soit habitué aux caprices esthétiques de sa mère.

Peu après, Jasmine observe l'œuvre tournoyer près de la fenêtre. Elle arrive à une conclusion lucide. «Puisque je ne peux pas m'envoler vers le ciel, je dois trouver le moyen d'endurer cet enfer. »

Chapitre 22

Au lac Petit

Le corps de Marjolaine déplace l'eau à un rythme soutenu. Alain admire la force des brassées de la fille qui s'éloigne rapidement du rivage. La nageuse traverse le lac Petit, se hisse sur un radeau formé d'un assemblage de billots ancré au fond du lac, et lâche un cri de joie à ses amis restés sur la rive :

— Qu'est-ce que vous attendez, bande de poules mouillées !

Certains hésitent à s'immerger dans l'eau fraîche du printemps. D'autres relèvent le défi et se précipitent vers le lac. De la berge, Alain observe ses amis s'éclabousser bruyamment, mais il n'y en a qu'un qui ose tenter de rejoindre Marjolaine. Le cœur d'Alain se serre lorsqu'il reconnaît Nicolas. Le lac est de petite taille, mais les nageurs moins habiles se méfient avec raison de sa profondeur. Son voisin, qui connaît mal le lac, n'aura peut-être pas la force pour se rendre jusqu'au radeau.

Nicolas entend à peine les encouragements de Marjolaine qui lui parviennent comme du fond d'un tunnel. Pour accélérer, le garçon abandonne la brasse et commence à nager le crawl. Il se concentre pleinement sur le mouvement régulier de ses bras et le léger battement de ses jambes qui propulsent son corps. Toutes les deux ou trois plongées de bras, il tourne les épaules sur le côté et respire. «C'est plus loin que je pensais», s'inquiète Nicolas en avalant goulûment l'air. Son niveau d'énergie diminue et le nageur commence à douter de sa capacité d'atteindre son but. Il s'arrête, et en nageant sur place il regarde vers la berge, puis vers le radeau pour évaluer la distance parcourue. Puisqu'il est à mi-chemin, il réussirait sans doute à se rendre au radeau, mais encore faudra-t-il qu'après il regagne la terre ferme. Sa confiance ébranlée, Nicolas décide de rebrousser chemin. Arrivé à la berge, Alain enveloppe d'une serviette le nageur qui grelotte.

— J'ai perdu l'habitude, se plaint-il en reprenant son souffle.

— T'es quand même un sacré nageur, lui fait remarquer Alain.

— À Hornby, mes parents m'avaient payé des leçons de natation. Ils croyaient que c'était une nécessité puisque nous vivions près de l'eau. Là-bas, je nageais beaucoup, parfois même l'hiver parce qu'un de mes amis avait un ensemble amphibien.

«Toujours aussi volubile», constate Alain en souriant. Les deux garçons s'assoient sur des souches d'arbre autour du feu de camp. Quelques instants plus tard, Marjolaine s'installe à son tour parmi la vingtaine de personnes rassemblées en cercle. Elle dévisage Nicolas et déclare d'un air approbateur :

— Personne d'autre n'a osé se rendre si loin. Pour un p'tit *kid,* t'as du chien.

— On le sait, Marjolaine, dit Roberto, on est tous des lavettes.

Marjolaine pouffe de rire. Elle prend toujours un malin plaisir à rappeler à ses amis qu'en matière de natation, personne ne lui arrive à la cheville. Elle adore l'eau et a obtenu son certificat de sauveteur. Anciennement, elle avait été l'étoile de l'équipe de natation de son école à Newmarket. Déménagée à Rivière-la-Loutre deux ans auparavant, lorsque son père avait accepté un emploi à la caisse populaire, elle ne rate jamais une occasion de s'immerger dans le lac Petit et d'étaler ses prouesses.

Le crépuscule a cédé sa place à la nuit. Alain alimente le feu avec quelques branches mortes qui s'embrasent. Les flammèches montent vers le ciel et illuminent le cercle d'adolescents. Une seule grande absente : Catherine. Depuis que Barboni l'a prise sous son aile, Alain la voit rarement, car elle passe tout son temps libre à faire du bénévolat pour Terre vivante. Alain ajoute une bûche au feu.

Bientôt, la saison chaude augmentera le niveau de risque d'incendie et les feux seront interdits. Il se rassoit sur le tronc usé par les fesses de plusieurs autres avant lui et déclare à ses amis.

— Vous savez que j'ai promis de verser cinq cents dollars à *À nous, la terre*. Puisque j'ai pas un rond, j'ai pensé…

— Si c'est pour faire une quête, taquine Roberto d'un air badin en montrant ses poches vides, je peux te dire tout de suite que zéro fois zéro, c'est toujours zéro.

Tout le monde rit de bon cœur. Malgré l'interruption, Alain enchaîne :

— J'ai pensé que je pourrais donner davantage à la collecte, mais pour y arriver j'aurai besoin de votre aide. Samedi prochain, je veux organiser une vente. Tout ce que je vous demande, c'est de fouiller chez vous pour dénicher des objets devenus inutiles, mais qui pourraient servir à d'autres.

— Ma mère a des tonnes d'affaires comme ça ! s'exclame Roberto, à commencer par ma petite sœur.

Une fois les rires estompés, Alain reprend patiemment la parole :

— Si vous donnez un objet et réussissez à convaincre une autre personne d'en faire autant, ça serait super.

D'un geste éloquent, Roberto désigne la forêt et le lac qui les entourent. Soudainement sérieux, il prononce solennellement :

— Si ça peut empêcher Richardson et sa *gang* de raser tout ça, tu peux compter sur moi.

L'enthousiasme de ses amis réjouit et rassure Alain car, avec leur aide, il peut envisager son projet avec optimisme. La soirée est douce et Alain s'étend sur le dos pour admirer l'immensité du ciel. À l'extrémité de la Petite Ourse, Polaris scintille faiblement. Cette étoile, cinquante fois plus grande que notre soleil, indique le nord. Le jeune Laflamme se laisse hypnotiser par les constellations et bercer par la voix douce de Roberto qui chante un air italien.

Tout à coup, un craquement de branches et des voix fortes ponctuées de jurons viennent interrompre la quiétude de l'instant. Alain cherche la source du bruit. Mais ses yeux, éclairés par la flamme, s'adaptent lentement à la noirceur autour du feu. Enfin, il distingue la forme de trois garçons. L'un deux, les bras chargés d'une caisse de bière, s'accroche le pied dans une racine d'arbre. Il tombe durement au sol et on entend le son d'une bouteille qui éclate :

— Regarde donc où tu marches, maudit épais !

Alain a reconnu la voix de Roger Trudel. Irrité, il se dit : « Il aurait pu aller fêter au chalet de sa famille. Pourquoi fallait-il qu'il vienne ici ? »

Le trio perturbateur s'approche du groupe. Roger fixe Alain et s'exclame sarcastiquement :

— Tiens, voilà la vedette !

Roger lui tend une bière.

« Je te gage que je peux la caler plus vite que toi. »

Alain hésite à relever le défi, mais son amour-propre est piqué au vif quand Roger lui lance :

« T'as peur de perdre, Laflamme ? »

— Quelqu'un qui a besoin d'une bière pour se donner du courage, c'est un pisseux, décoche Marjolaine dégoûtée.

— De toute façon, lance Alain, j'en veux pas de ta bière.

CHAPITRE 23

LE COURAGE

Une brise légère entrée par la fenêtre caresse le visage de Jasmine et la réveille. Elle ouvre l'œil paresseusement. Elle s'était étendue sur le sofa pour quelques instants, et voilà que le temps a encore une fois filé à son insu. *Corps ailé*, retenu par sa ficelle, virevolte lentement devant ses yeux. Jasmine, qui a examiné la sculpture maintes fois, la découvre à nouveau. « Comment peut-on voler tout en restant immobile ? » se demande-t-elle en s'étirant. La douleur de tous ses membres meurtris la fait grimacer. Elle ramasse son carnet de croquis laissé sur le bord de la fenêtre, s'assoit et dessine des formes de corneilles.

Une étincelle d'inspiration jaillit dans son esprit. Elle dépose son crayon et fait le tour de la maison à la recherche de matériaux qui lui serviront à concrétiser l'idée qui vient de germer dans sa tête. Dans la chambre d'amis qui lui sert de studio, elle rassemble des bouts de fil de fer, des morceaux de tôle et des outils. Elle se rend rapidement compte qu'elle a excédé la mesure. Son enthousiasme a dépassé, encore une fois, la capacité de son corps qui s'écrase sur le sofa.

«J'aurais dû aménager un vrai atelier quand j'en étais encore capable», regrette-t-elle, dépitée.

Quand Basile rentre du travail, il passe devant la porte entrouverte du studio. Curieux, il y jette un coup d'œil et note avec surprise la panoplie d'objets qui encombrent la pièce. «Ses projets d'art débutent toujours dans le chaos», remarque-t-il. Pour lui, le processus créateur reste un mystère, ce qui lui fait apprécier davantage le produit final.

Basile revient au salon, contemple tendrement son épouse endormie sur le sofa, s'approche et l'embrasse affectueusement sur la joue. La femme se réveille.

— Tu as commencé un projet?

Jasmine s'anime :

— J'explore un concept : faire de l'art avec des objets recyclés.

— Travailler avec du matériel usagé, c'est plus difficile que de commencer avec du neuf.

— J'ai le goût de redonner vie à la matière. En plus, c'est propice à la vente d'Alain.

Le visage de Basile se rembrunit. «Cette sacrée vente!» peste-t-il en se mordant la langue. Il se raisonne, car peu importe si c'est la vente d'Alain qui motive sa femme, le plus important c'est qu'elle ait retrouvé le goût de créer.

— Mais, poursuit Jasmine, c'est pour samedi. Je n'y arriverai jamais sans ton aide. Je sais ce que je veux faire, mais je n'ai pas la force pour couper la tôle.

Basile hésite à offrir son aide. Il ne veut se mêler ni de près ni de loin à la vente de son fils. Néanmoins, il se dit que c'est peu d'efforts pour rendre le sourire à Jasmine.

— Si c'est de la force brute qu'il te faut, plaisante Basile en prenant Jasmine dans ses bras, j'en ai à revendre. Mais ne me demande pas d'avis sur le choix des couleurs.

— Pas besoin. Ça sera tout en noir et gris.

❧

Les jours suivants, Jasmine conceptualise son projet, dispose des objets pour ensuite les déplacer. Le soir venu, malgré la fatigue, Basile exécute ses ordres : couper, souder, assembler. Il constate qu'aider Jasmine, la voir heureuse, le rend de bonne humeur.

Toute la semaine, Alain, débordé par ses travaux scolaires et les préparatifs de sa vente, entre tard à la maison, où ses parents sont déjà couchés. Dans le silence de la nuit, il examine en cachette l'évolution de l'œuvre de sa mère. Un tuyau de foyer aplati peint de différentes nuances de gris est monté sur un luisant rectangle de tôle mesurant un mètre sur un tiers de mètre. Posés par-dessus cette surface, deux morceaux de bois couleur charbon évoquent les becs de corneilles, dont l'un placé à gauche pointe vers le ciel, et l'autre, à droite, vers la terre.

La veille de la vente, Jasmine et Basile mettent enfin la touche finale à *Deux corneilles*.

— Tu devrais avoir un vrai atelier où tu pourrais travailler à ton aise, souligne Basile en admirant la sculpture.

— On ne peut pas se le permettre. Je n'avais pas d'atelier quand j'étais en forme. Maintenant, ça ne vaudrait vraiment pas la peine.

Basile revient à la charge :

— Même si tu y passais juste quelques minutes par jour, ça vaudrait la peine. D'ici à l'été, tu auras un atelier. Je te le promets.

Malgré les bonnes intentions de Basile, Jasmine craint que la vie en décide autrement. Son regard se pose sur la sculpture qui lui inspire une grande satisfaction, d'autant plus qu'elle a été réalisée avec la complicité de son conjoint. Elle prend Basile par la taille et lui susurre :

— Sans toi, je n'y serais pas arrivée.

— Ça t'aurait juste pris plus de temps. Mais moi, j'aurais pas eu tout ce plaisir.

Basile embrasse Jasmine et ajoute :

« On a toujours bien travaillé en tandem, toi et moi. »

« J'ai hâte que ça finisse », rumine Basile en épiant la maison des Potvin. Le va-et-vient constant chez ses voisins l'agace. S'il se fie à l'achalandage, la collecte de fonds sera une réussite. La débrouillardise d'Alain ne le surprend guère, car il constate fièrement que le fils récolte ce que les parents ont semé. « Jasmine et moi, on a élevé nos enfants de façon qu'un jour ils puissent voler de leurs propres ailes. »

Jadis, père et fils s'entendaient comme larrons en foire. « Que s'est-il passé ? » se demande Basile. Il envie la complicité entre Jasmine et Alain. Depuis quelque temps, il se sent exclu de la vie de ce dernier. Basile se culpabilise et s'en veut de ne pas appuyer davantage son garçon, de ne pas pouvoir mieux communiquer avec lui, de ne pas lui avoir avancé les cinq cents dollars qu'il s'est engagé à verser à une cause qui lui est chère. Il aurait voulu qu'Alain organise sa collecte chez lui plutôt que chez la voisine. Mais, au fond, la décision de son fils le soulage. S'il lui avait demandé la permission, il l'aurait refusée. Ainsi, Alain a évité d'embêter son père.

Durant toute la matinée, Jasmine observe son mari qui rôde autour de la maison comme un loup en cage. En début d'après-midi, elle l'invite à l'accompagner. La réaction immédiate de Basile est négative, car il craint d'afficher publiquement sa position dans cette affaire de dépotoir. Néanmoins, il est conscient que la demande de Jasmine n'est pas un caprice, car pour elle, se déplacer sans aide représente un défi considérable. Il lui offre donc son bras et se met à traverser la rue à ses côtés.

Dès qu'Alain aperçoit ses parents, il court à leur rencontre. La présence de son père le surprend, mais lui fait un plaisir énorme qui, même inexprimé, est capté par Basile.

— Le succès de la journée dépasse mes attentes, affirme Alain qui flotte sur un nuage. Les gens ont donné des tonnes d'objets qui trouvent preneurs. En plus, ils sont nombreux à nous encourager à continuer le combat.

Jasmine et Basile font le tour de l'espace, divisé en deux, soit une section de vente et une autre, plus petite, où sont exposés des objets destinés à un encan silencieux. Le couple s'arrête un moment devant *Deux corneilles*. Une jeune voix les interpelle.

— J'ai misé sur vos corneilles, mais je ne suis pas le seul.

Jasmine se retourne vers Nicolas qui, émerveillé, ajoute :

« C'est un chef-d'œuvre, madame Goulet ! »

— C'est toi qui m'en as donné l'idée.

Devant l'air hébété de Nicolas, elle se sent obligée d'apporter des précisions.

« *Corps ailé,* c'est aussi une œuvre confectionnée avec des objets recyclés. »

Nicolas, extatique d'apprendre son influence positive sur sa voisine, lui confie sur le ton de celui qui est dans le secret des dieux :

— Vous verrez, *Deux corneilles* à elle seule rapportera plus d'argent que tout le reste.

Jasmine et Basile poursuivent leur exploration du site. Jasmine s'arrête devant une boîte d'une trentaine de cartes postales. Ses doigts passent à travers les cartons et s'arrêtent quand l'artiste reconnaît l'autoportrait de Frida Kahlo. Un plan rapproché du visage de la femme devant des plantes vertes ; sur son front, une tête de mort dans un cercle. Jasmine a étudié l'histoire de cette artiste mexicaine, une de ses idoles.

En 1925, en revenant de son école d'art, son autobus avait percuté un tramway. Une barre de fer lui avait transpercé le corps, laissant de graves séquelles. Elle n'avait que dix-huit ans. Malgré la grande souffrance qui l'a accablée toute sa vie, Kahlo a persisté à peindre et à militer pour les causes qui lui tenaient à cœur.

Devant l'émotion que suscite la carte chez Jasmine, Basile décide de la lui offrir. Il passe à la caisse.

— C'est deux dollars, demande Marjolaine, souriante.

Basile lui en donne cinq en pensant que c'est si peu pour appuyer son fils et faire plaisir à sa conjointe. Avant de placer la carte dans sa large poche, il l'examine à son tour. D'abord le visage de Kahlo, ensuite le verso où figure le nom de l'œuvre : *Penser à la mort* : 1943. Basile, qui essaye de s'imaginer les réflexions que cette carte suscite chez Jasmine, est subitement troublé. Il lit ensuite :

Chère Émilie,

Un souvenir du Mexique pour toi qui, comme Kahlo, mords dans la vie à belles dents.

Gilbert

À ce moment, Amel Tazi arrive en face du couple.

— Si je suis chanceux, ce soir, j'apporterai un peu de votre imagination chez moi, leur annonce-t-il, enthousiaste. Madame Goulet, avec *Deux corneilles*, vous avez donné une deuxième vie à un matériau rigide et brut.

— C'est très différent des couleurs de votre Rahoule, lui fait remarquer Jasmine, étonnée de l'intérêt de l'ergothérapeute pour son travail.

— C'est vrai, confirme le docteur Tazi. Rahoule me rappelle mon pays d'origine. Or, cette œuvre évoque mon pays d'adoption, le Canada, là où il faut apprécier le gris.

« Et la vie, malgré ses difficultés », ajoute Jasmine dans sa tête.

CHAPITRE 24

POURQUOI PAS MOI ?

Basile dépose *La Voix du Nord* sur la table devant Jasmine et ronchonne :

— Le patron ne sera pas content.

Jasmine saisit le journal et lit la manchette tout haut : «*À nous, la terre* pousse des ailes». Elle sourit et passe le journal à son fils qui évite le regard réprobateur de son père. L'article est accompagné d'une photo de *Deux corneilles* tenue par lui et Amel Tazi. La sculpture de sa mère, vendue pour la somme de cinq cent cinquante dollars, a fait parler de l'artiste tout en contribuant grandement au succès de la collecte de fonds. Avec l'aide de ses amis, Alain a réussi à amasser plus de deux mille dollars. Il jubile de voir l'événement figurer à la une du journal.

— Pourquoi t'es devenu le visage de cette cause ? demande Basile, exaspéré.

— Pourquoi pas moi? réplique Alain du tac au tac.

Il poursuit, mais en adoucissant le ton.

«À la maison, on recycle et on composte depuis toujours. P'pa, c'est toi et m'man qui m'avez inculqué l'amour de la nature, le respect de l'environnement. Je ne comprends pas comment tu peux appuyer ce projet de dépotoir. »

— Je ne suis ni pour, ni contre, se défend Basile.

— Tu ramasses les déchets. Plus que n'importe qui d'autre, tu dois voir tout ce que les gens jettent!

— Là, t'as raison. Je pourrais passer la journée à trier les rebuts pour en ressortir des produits recyclables ou récupérables, confirme Basile. Même si ce n'est pas difficile de recycler, changer nos mauvaises habitudes ne se fait pas du jour au lendemain. Tu t'attaques à un problème plus grand que toi. De toute façon, même si on diminue les déchets, tant qu'il y aura des êtres humains, il y aura des ordures à ramasser et il faudra les mettre quelque part.

Alain, qui voudrait convaincre son père, lui sert un autre argument :

— On ne devrait pas être le dépotoir de la province. C'est à chaque municipalité d'assumer la responsabilité de ses déchets, incluant la nôtre. Mes amis et moi, on essaye juste de faire notre part pour améliorer le monde.

Basile contemple son fils avec affection avant de lui demander :

— As-tu pensé aux conséquences de tes actes ?

— Ne rien faire comporte des conséquences aussi.

— Si tu pouvais au moins éviter d'être dans la mire du public.

— J'ai pas fait exprès. C'est juste arrivé comme ça.

Jasmine, qui cherche à alléger l'ambiance, intervient à son tour.

— Je ne suis pas surprise que les journalistes soient attirés par un beau gars comme toi. Passionné en plus !

Du regard, Basile manifeste sa reconnaissance envers Jasmine. Il est fatigué et a perdu le goût de discuter. Du revers de sa manche de survêtement de travail, il s'essuie le front.

— Je sens les poubelles, déclare-t-il, dégoûté, en se dirigeant vers la salle de bain.

L'eau chaude de la douche déloge les saletés qui collent à son corps et les évacue dans le drain. L'homme se savonne vigoureusement le visage. Le parfum de lavande lui chatouille les narines. Il reste sous la douche pendant un long moment en se rappelant ses vingt ans. À cette époque, lui aussi avait voulu changer le monde. Quand a-t-il perdu son idéalisme ? Il l'ignore. Sa volonté de mettre la main à la pâte pour appuyer les bonnes causes a disparu sans même qu'il s'en rende compte. Vivre au quotidien est devenu sa lutte. « Pour sauver le monde, il faut d'abord se sauver soi-même », constate-t-il avec tristesse. En sortant de la douche, il se sent pourtant encore sale.

Chapitre 25

Les fouineurs

Attablés à la cafétéria, Les Écolos discutent ferme.

— Il faudrait que le gouvernement interdise les emballages qui ne sont pas recyclables, affirme Catherine avec conviction.

Roberto lance, mi-figue mi-raisin :

— Tu chiales quand le gouvernement intervient dans le dossier du site d'enfouissement, puis tu chiales quand il n'intervient pas pour réglementer les emballages.

— L'idéal, ce serait que les citoyens boycottent les produits qui n'ont pas un écoemballage, poursuit Marjolaine.

— Ça serait efficace, mais ça n'arrivera pas, déplore Roberto. On est trop paresseux, trop mal organisés. Même moi, l'autre jour, j'ai acheté un gâteau dans un contenant non recyclable. J'ai hésité, mais c'était le gâteau que je voulais. C'était plus fort que moi.

— On ne réglera pas les problèmes du monde aujourd'hui, intervient Alain. Nos cours recommencent dans quinze minutes, puis on n'a encore rien décidé. Pousser le gouvernement à légiférer, c'est bien beau, mais ça prendra des mois, des années même. Entre temps, notre dépotoir va être plein dans trois ans. Si on ne diminue pas nos déchets, ça va nous coûter cher de les expédier ailleurs. Solutions 3000 aura alors un argument de taille pour s'installer ici et contaminer notre environnement. C'est vrai que le gouvernement a un rôle à jouer, mais d'après moi, les individus ont eux aussi une responsabilité. Quand ils ne recyclent pas, sont-ils conscients de l'impact qui en résulte sur les dépotoirs ? L'inaction est une mauvaise action.

Catherine approuve la tirade de son copain.

— Il faut sensibiliser le monde, mais comment ?

— En leur montrant concrètement l'effet de leur négligence, propose Alain.

Les adolescents réfléchissent en silence jusqu'à ce qu'Alain s'exclame :

« Je l'ai, l'affaire ! »

❧

Roberto prend la droite sur le chemin de terre un peu trop rapidement et se fait secouer par un cahot. Ses passagères, Marjolaine et Catherine, pouffent de rire. Il jette un coup d'œil dans le rétroviseur. Nicolas et Alain, assis dans la caisse longue de la camionnette, se remettent de la dure secousse. Le conducteur ralentit jusqu'à ce qu'il atteigne une barrière au bout de la route. Tout le monde descend du véhicule et s'arme de gants, de pelles et de masques. Les jeunes parcourent à pied le reste du chemin pour aboutir devant un monticule de déchets.

L'odeur nauséabonde de pourriture du site d'enfouissement assaille leurs narines. Roberto, incapable de supporter la puanteur, sent que le cœur lui lève. Il s'éloigne prestement et regagne la voiture.

La présence humaine agace les rapaces, qui arrachent des morceaux de gras des vidanges pour ensuite s'envoler avec leurs prises. Les oiseaux planent de façon circulaire au-dessus des fouineurs qui déambulent dans leur garde-manger. Ils observent, épient et attendent patiemment le départ des intrus.

Alain choisit un coin de rebuts et sort son ruban à mesurer. Avec l'aide de Nicolas, il délimite quatre mètres cubes du terrain avec des ficelles attachées à des piquets de bois plantés dans le déchet. Tels des archéologues, une couche d'ordure à la fois, les quatre jeunes extirpent méticuleusement les produits recyclables des sacs d'ordures qu'ils éventrent avec des couteaux.

Nicolas trouve un frisbee orange. Il cherche une cible au loin sur la montagne de vidanges, lance le disque et touche le but.

— J'aurais dû le garder !

— Va le chercher, taquine Alain qui ne s'attend guère à ce que son ami s'aventure jusqu'au cœur du site.

Nicolas roule les yeux avant de se remettre à la tâche. Les chercheurs poursuivent leur quête avec acharnement, car ils n'ont pas le goût de passer plus de temps qu'il n'en faut dans cet endroit malsain.

Peu après, les gouttelettes de pluie s'ajoutent à la sueur sur leur peau.

— C'est pas le temps de pleurer, supplie Catherine en s'adressant aux nuages qui se bousculent dans le ciel.

Une fine pluie se met à tomber. La jeune fille reprend son travail. Avant d'épouser la cause environnementale, jamais elle n'aurait pu s'imaginer en train de trier clandestinement des déchets dans un dépotoir. «À présent, je crois que je serais prête à tout», se dit-elle.

Dans les sacs qu'ils ouvrent, ils découvrent des enveloppes et des papiers avec les noms de personnes qui ont produit les détritus.

Une fois le tri terminé, le groupe examine l'amoncellement d'objets récupérés. Marjolaine, qui documente leurs trouvailles avec son appareil photo, s'exclame :

— Je n'aurais jamais cru qu'il y en aurait autant !

Découragé, Alain suppute que ce matériel réutilisable, recyclable ou compostable représente plus de la moitié du volume des ordures qu'ils ont triées.

— On devrait livrer tout ça devant les bureaux municipaux pour que les gens voient et comprennent la place que prennent ces objets dans le dépotoir, affirme Alain.

— Tu t'imagines la tête du maire ! s'exclame Marjolaine.

— Il y en a trop pour la camionnette, maugrée Catherine en frappant une cannette de son pied gauche.

— On pourrait toujours apporter les bouteilles de plastique, suggère Alain. Elles sont légères et se nettoient.

— Si on en écrasait et encadrait une vingtaine, ça ferait comme un tableau dans une galerie d'art, propose Marjolaine.

— On pourrait l'intituler *Glou-glou*, plaisante Alain en riant.

— Faisons une exposition d'objets recyclables jetés dans le dépotoir ! suggère Nicolas.

— Ça ferait réfléchir le monde, approuve Catherine.

Les jeunes s'amusent à se lancer des idées de titres d'œuvres d'art aussi farfelues les unes que les autres. *Nos secrets*, un carnet d'écriture confectionné de feuilles et de carton. *Du neuf,* une chaise sur laquelle ils placeraient neuf objets : un bougeoir, un crayon, une corde à sauter, un couteau, un collier, du vernis à ongles, une barrette, un clou et une balle. *Les contenants qui tuent,* un mobile de paquets de cigarettes et des seaux ayant contenu des produits toxiques.

— Je veux pas ramasser les aliments qui auraient pu être compostés, ils sont trop dégueulasses. Mais il y en a beaucoup, note Alain.

— Je peux les photographier et en faire un montage où les formes et les couleurs évoqueront la palette d'un artiste. On pourrait l'appeler *Miam-miam,* suggère Marjolaine.

Enfin, les recycleurs ne prennent que les produits de plastique et les matériaux nécessaires à leur installation. Ils sont fatigués, trempés, mais satisfaits de leur chasse au trésor. En voyant Roberto avachi sur la banquette, tablette en main, Marjolaine lui lance :

— Puis, comment va ton p'tit cœur ?

Roberto lui fait de gros yeux et lui tire la langue.

Chapitre 26

Matière à penser, pas à jeter

Les soirs suivants, le groupe Les Écolos les passe à préparer son exposition à la maison des Potvin transformée en ruche.

— Ta mère est pas mal chic de nous laisser traîner ici.

— J'ai de qui tenir, réplique Nicolas d'un ton badin.

Tout en plaçant amicalement son bras autour des épaules du jeune Potvin, Marjolaine demande à Catherine :

— Tu as bien noté tous les noms des propriétaires de sacs à vidanges ?

— Surtout celui du maire, répond-elle en riant.

À quelques reprises, Jasmine est venue voir le travail du groupe qui accepte ses précieux conseils. Pendant que ses amis fabriquent l'univers artistique de leur exposition qui portera le nom *Matière à penser, pas à jeter*, Roberto s'affaire à rédiger puis à faire circuler un communiqué de presse aux médias pour annoncer la tenue de l'événement dans le parc devant la mairie le samedi matin.

Chaque membre du groupe place des affiches dans la ville. Au moment où Alain en placarde une sur le babillard public de son école, on tape avec force sur son épaule :

— C'est quoi cette histoire? grogne Roger Trudel.

Alain toise le fils du maire et lui décoche :

— Tu viendras voir samedi. En fait, ta famille y participe.

❦

Arrivés au parc tôt le matin pour monter leur installation, Les Écolos sont fébriles. Leur exposition attire une foule. Même si Jasmine a exprimé la volonté de se rendre au parc, Basile a refusé de l'accompagner. Alain est donc surpris et heureux de voir sa mère descendre de la voiture de Simone Potvin. Il se précipite vers les deux femmes et offre son bras à sa mère.

— On ne reste pas longtemps, le prévient-elle. Simone doit se rendre au restaurant et moi je devrai me reposer. Mais on tenait à venir voir.

D'un signe de la main, Simone salue Nicolas posté devant un montage de vingt photographies qui illustrent la démarche du groupe. Il accroche les spectateurs dans le parc et leur indique un panneau qui explique comment le recyclage efficace évite de remplir le dépotoir.

— C'est tout un vendeur, proclame Alain.

Les deux femmes admirent l'installation. Au centre, une poubelle qui déborde de bouteilles d'eau évoque une cascade. Les huit œuvres-concepts suspendues par des ficelles à des branches d'arbres virevoltent au gré de la brise. L'univers sonore, un enregistrement de sons de camions à ordures ponctués par la plainte de rapaces, complémente le visuel. Avant de quitter le parc, Jasmine y lance un dernier coup d'œil appréciateur. Elle se penche vers son fils et lui déclare fièrement :

— C'est vraiment réussi !

Alain exulte de voir les gens circuler, s'informer, s'étonner et discuter. Le mécanicien, Georges Girouard, sourcille en découvrant son nom sur le panneau de présentation de l'exposition qui précise que les œuvres ont été réalisées avec des matériaux recyclables tirés des ordures des familles Trudel, Girouard… Quelques mètres plus loin, il reconnaît quelques objets qu'il a jetés, présentés dans une œuvre d'art, et cela lui fait un drôle d'effet. Il se gratte la barbe et avoue à sa fille qui l'accompagne sa honte de figurer parmi les contributeurs.

— Il va falloir mettre la famille au pas pour renverser la situation.

Alain accroche Roberto et lui fait remarquer la présence d'un journaliste de Radio-Canada. À son tour, Roberto signale un homme portant une casquette des Blue Jays assis sur l'unique banc du parc.

— C'est un reporteur du *Toronto Star*.

— Ton communiqué de presse a porté ses fruits, répond Alain en sifflant son admiration.

— En fait, d'après Catherine, il loue le chalet de madame Groleau.

Les deux amis s'esclaffent. Cependant, tout de suite après, une voix autoritaire a l'effet d'une douche froide.

— Vous n'avez pas la permission de faire cette activité! tonne le maire Trudel en apostrophant Catherine.

Même s'il a vu les publicités annonçant la tenue de l'exposition, il n'a jamais imaginé qu'elle attirerait autant de monde. Quand son fils, venu faire le curieux, est rentré à la maison pour lui décrire le cirque dans le parc, il s'est décidé à se présenter sur les lieux. Furieux de voir son nom associé à cet événement, il continue de cracher son venin sur Catherine.

— C'est un parc public, se défend-elle.

— Cela ne vous autorise pas à y installer ce… ce bazar.

— C'est ce que vous pensez d'une action citoyenne?

La dispute entre l'élève et le maire suscite l'attention de la foule. Un homme s'interpose entre les deux belligérants.

— Laissez-les tranquilles, insiste le mécanicien Girouard fermement, mais gentiment. Ils ne font de mal à personne.

Énervé par la tournure des événements et craignant de nuire à son image publique, le maire n'ose pas contrarier Girouard. Il baisse les bras et retourne chez lui, bien déterminé à avoir le dernier mot dans cette affaire.

Chapitre 27

La fuite

Le jeune couple marche main dans la main le long d'un sentier boisé. Alain est transporté de ravissement. « Enfin seul avec elle. » Il ralentit le pas, se penche vers la fille, l'enlace délicatement et l'embrasse dans le creux du cou. « Comment sa peau peut-elle être si douce ? » se demande-t-il, enivré de bonheur. Ses lèvres parcourent la joue de sa copine et rencontrent enfin sa bouche délicieuse. La chaleur du corps de la fille le grise.

Ils s'étreignent avec ferveur et se dirigent vers un tronc d'arbre. Soudain, Catherine lâche un cri perçant et repousse brusquement Alain. Le jeune homme, affolé, recule d'un pas et regarde sa compagne sautiller puis partir à la course, poursuivie par un nuage de guêpes. Catherine a dû éveiller leur colère en marchant sur leur nid. À son tour, Alain prend ses jambes à son cou jusqu'à ce qu'il soit sorti du bois, loin de la horde d'insectes.

À bout de souffle, il retrouve Catherine sur le bord de la route en train de se gratter les jambes.

— C'est épouvantable comme ça pique, se plaint-elle.

— Heureusement que tu peux courir !

— Je ne peux pas m'endurer. Il faut que j'entre à la maison, mettre de la lotion et prendre des médicaments.

Même si Alain ne peut pas en vouloir aux guêpes d'avoir défendu leur territoire, il regrette l'interruption de ce moment magique qu'il espérait depuis des mois. Dépité, il se demande quand il aura l'occasion d'être à nouveau seul avec son amie de cœur.

CHAPITRE 28

LE DÉAMBULATEUR

Basile met tout son poids sur les poignées du déambulateur à roulettes. D'un léger coup du pied sur le plancher, il roule dans la pièce.

— C'est mieux qu'une simple marchette, explique-t-il à Jasmine sur un ton enjoué. Avec ce modèle léger en aluminium, on peut circuler facilement sur les surfaces autant intérieures qu'extérieures. Lorsque madame sera fatiguée, elle pourra s'asseoir sur le siège rembourré. De plus, le large panier peut accueillir tous ses effets personnels. Impossible de perdre le contrôle…

À ce moment, Alain entre en coup de vent dans la maison et Basile, qui se déplace à toute vitesse, freine subitement pour éviter de justesse une collision avec la porte. Père et fils, tous deux surpris, se figent tandis que Jasmine éclate de rire.

— Il faut tout de même respecter la limite de vitesse.

Alain examine le déambulateur et Basile l'invite à faire une promenade. Jasmine sourit en constatant qu'elle sera la dernière à essayer l'appareil qui lui est pourtant destiné. Néanmoins, elle sait que les occasions de s'en servir ne manqueront pas. Alain s'arrête au milieu du salon et s'exclame :

— C'est une Rolls-Royce !

Jasmine, malgré sa réticence à recourir à cette machine, n'a plus le choix si elle veut rester active, puisque les cannes, quoique toujours utiles, ne lui suffisent plus.

« En beau rouge métallique en plus ! » remarque Alain.

Ce déambulateur va-t-il procurer à Jasmine davantage de liberté et d'indépendance ? Elle le souhaite, sinon elle risque fort de sombrer à nouveau dans l'abîme de la déprime et ce gouffre où la mort l'attend.

CHAPITRE 29

VOIR GRAND

Catherine guette l'entrée principale de l'école. Elle glisse ses doigts dans sa chevelure et se soulève sur le bout des orteils. «Qu'est-ce qu'il peut bien fabriquer?» s'impatiente-t-elle en consultant sa montre. En voyant la tête d'Alain, elle se faufile à travers la cohue grouillante d'élèves qui attendent leur autobus. Arrivée en face de son copain, elle l'embrasse:

— Te voilà enfin! J'avais tellement hâte que la journée finisse!

— Monsieur Lacelle, le prof de bio, a adoré notre installation. Il m'a demandé si le groupe est prêt à faire une courte tournée scolaire dans la région pour exposer les œuvres et faire des présentations au sujet de nos recherches. J'ai accepté.

— Sans consulter tout le monde? reproche-t-elle à Alain en l'entraînant plus loin.

Le jeune Laflamme se laisse guider par la main de son amie qui serre la sienne. La fébrilité de Catherine est palpable.

« Regarde ce qu'on a reçu », dit-elle en brandissant une lettre.

Alain tend la main, mais sa copine le taquine en retirant l'enveloppe. Le manège recommence. La troisième fois, Alain réussit à saisir l'enveloppe en chatouillant Catherine pour la faire lâcher prise. Il s'excite en constatant le nom de l'expéditeur : le ministre ontarien des Richesses naturelles, Guy Malenfant. Poussé par la hâte d'en connaître le contenu, il ouvre le pli et en retire une lettre adressée au groupe Les Écolos. « Je vous remercie de votre cadeau », lit Alain perplexe.

— Quel cadeau ?

— Je ne vous l'avais pas dit ! lui révèle Catherine. J'ai envoyé les photos de *Matière à penser, pas à jeter* au ministre avec quelques coupures de journaux qui décrivent notre exposition.

— Je ne suis pas le seul à prendre des décisions sans consulter les autres.

— T'as vu la phrase où il dit qu'il examine toujours la question du dépotoir dans la région ? Maintenant que nous avons l'attention du ministre, c'est le temps de frapper encore plus fort.

Le ton subitement plus tranchant, plus dur de cette dernière affirmation, agace Alain. Cette passion qui emporte Catherine la militante est la même qui anime Catherine l'amoureuse, reconnaît-il.

— On doit faire un coup d'éclat comme celui des gens à Trois-Pistoles, poursuit-elle.

Alain a un sourire crispé. Il connaît l'histoire de l'opposition farouche menée par les Amis de la rivière contre un projet de construction de mini-centrale hydro-électrique sur la rivière Trois-Pistoles au Québec au début des années 2000. Pendant plus d'un mois, l'environne-mentaliste Mikaël Rioux avait occupé le site, suspendu entre ciel et terre, dans un harnais de couchage au-dessus d'une gorge.

Même s'il ne veut pas contrarier les projets de son amie, son pragmatisme le pousse à freiner son ardeur :

— Ouais, il reste que sauver une belle rivière c'est une cause plus séduisante qu'empêcher la transformation d'une vieille mine désaffectée dans le nord de l'Ontario en dépotoir.

Catherine, qui ne se laisse pas dissuader, enlace son copain.

— Ici aussi, deux visions du développement s'opposent. Une action politique similaire aurait un grand impact.

— Personne ici n'est un Mikaël Rioux.

— Mais nous avons un Laflamme, chuchote Catherine en resserrant son étreinte.

CHAPITRE 30

LA DÉCISION

Pas un bruit. Pas une parole. Pourtant, père et fils sont assis l'un en face de l'autre depuis plus d'une heure. Jasmine dort toujours du sommeil du juste, mais eux, ils sont bien réveillés.

— Je ne le lui ai pas encore dit.

Tout comme Basile, Alain voudrait épargner à Jasmine cette nouvelle qui lui fendra le cœur.

— Pourquoi toi? demande Alain.

Basile, résigné, hausse les épaules.

— D'après le patron, depuis un mois, le recyclage monte en flèche. Moins de déchets, donc moins d'employés pour les ramasser. Pas de syndicat, donc pas de protection. Puis c'est moi qu'ils ont choisi de laisser aller.

— À cause de moi?

— Je suis la victime de votre succès, ironise Basile.

—Tu ne devrais pas avoir à subir les conséquences de mes actions, s'indigne Alain.

— La vie n'est pas toujours juste.

Basile pousse un lourd soupir, se lève et prépare
deux cafés. Il place une tasse et des brioches devant
son fils.

«Mange.»

— T'as faim, toi?

— Pas plus que toi, lui répond Basile. Mange
tout de même. Ça te fera du bien.

Les deux hommes picorent leur déjeuner, car la
nourriture passe mal dans leur gorge nouée.

❦

«Toujours rien», grogne Basile, découragé.
Chaque fois qu'il sort bredouille du bureau
d'emploi, il se sent de plus en plus enfoncé dans
un trou noir. Juste au moment où sa relation
avec son fils va mieux et où il arrive à entrevoir
comment aider Jasmine, il se retrouve à la case
départ. Sans travail, comment va-t-il faire vivre
sa famille? La peur de perdre le contrôle de sa
vie entraîne Basile dans une spirale vers le bas qui
tourne de plus en plus vite.

L'homme monte dans sa voiture et tente de
chasser ses pensées mornes. «Heureusement que
Jasmine est là.» Depuis sa rencontre avec Amel
Tazi, Basile cultive sa patience et se montre plus à
l'écoute de son épouse. Tous les jours, il cherche

à lui faire plaisir. Un petit geste suffit à la faire rire.

En rentrant à la maison, Basile constate que Jasmine est couchée. Il se verse un verre de jus et s'assoit à la table de cuisine où traîne un dessin inachevé. Il examine le croquis, avale son jus et se lève d'un bond. Sa décision est prise.

Chapitre 31

Le chemin miné

Ses pieds foulent le sol terreux du sous-bois au même rythme qu'entre et sort l'air de ses poumons. Le coureur se tient droit, les bras à un angle de quatre-vingt-dix degrés, les mains relâchées et les quadriceps tendus. Comme d'habitude, Alain emprunte le sentier menant au lac pour pratiquer cette activité d'endurance cardiovasculaire qu'il adore. Après une vingtaine de minutes, il ralentit la cadence et prend une gorgée d'eau. Cette partie de son circuit lui plaît tout particulièrement. Après le prochain tournant, il aura une vue imprenable sur le lac tout au long de sa descente d'une pente.

Cependant, lorsqu'il reprend la course et franchit la courbe, deux personnes cagoulées lui coupent la route. Tout se passe rapidement. L'un d'eux frappe le coureur au visage. Tombé par terre, Alain encaisse un coup de pied dans l'abdomen.

— C'est ce qui arrive aux opposants de Solutions 3000, profère un des assaillants.

Soudain, une voix affolée crie :

— Arrêtez !

Les agresseurs sursautent et se tournent vers un garçon qui remonte la colline. Ils se lancent à sa poursuite.

— Cours, Nicolas ! Cours ! hurle Alain, plié en deux.

Nicolas ne se fait pas prier et dévale la côte à vive allure. La peur envahit tout son être, son cœur bat la chamade. Fuir, fuir à tout prix. Arrivé au lac, il plonge dans l'eau glauque sans hésiter. Ses bras et ses jambes s'activent et déplacent l'eau. Nicolas jette un coup d'œil rapide derrière lui. Ses poursuivants se sont volatilisés. Subitement, la fatigue remplace sa peur au moment où il se rend compte qu'il a franchi les deux tiers de la distance qui sépare la berge du radeau. Il ne sait plus quoi faire. Rebrousser chemin ou se rendre au radeau ? Dans un cas comme dans l'autre, il ne sait pas s'il aura la force nécessaire. Un mouvement sur la berge lui fait craindre le retour des assaillants. Un grognement lui fait constater qu'il ne s'agit pas d'une silhouette humaine, mais de celle d'un ours. Bien que paralysé de peur, il doit bouger.

⁂

Ignorant les lésions que font les cailloux dans sa paume, Alain presse sa main sur le sol afin de se redresser. Il est abasourdi et seul.

« Cââ, cââ ! »

Le cri strident d'une corneille sort Alain de sa torpeur. Tout près, un oiseau au plumage noir avec un reflet pourpre pose ses yeux sur lui. Un autre cri, encore plus perçant que le dernier, sort du long bec, légèrement crochu. En sautillant sur ses puissantes pattes, la corneille se déplace de quelques mètres en direction du lac avant de prendre son envol. Alain se lève péniblement en pensant : « Pourvu que Nicolas soit correct ! » Malgré sa douleur, il claudique vers le lac. Dans le ciel, la corneille parcourt le même trajet que l'estropié, comme si elle veillait sur lui.

Arrivé au bord de l'eau, Alain ne voit d'abord personne. Soudainement, il décèle un nageur qui progresse lentement vers le radeau. « Pourra-t-il l'atteindre ? » s'inquiète Alain. Il court vers le côté ouest du lac, mais se fige lorsqu'il voit un ours. Après quelques secondes interminables, l'animal se réfugie dans la forêt. Alain reprend alors sa course jusqu'à un endroit où il retire quelques branches qui recouvrent une vieille barque, celle que le mécanicien Girouard laisse sur la berge pour ses parties de pêche. Alain tire l'embarcation vers l'eau, saisit les avirons, s'installe à la poupe et rame de toutes ses forces contre le vent pour secourir Nicolas.

À chaque mouvement de bras, le nageur sent faiblir son énergie. Une petite vague le surprend et il avale de l'eau. La panique commence à le gagner. Toutefois, il se ressaisit et s'efforce de garder son sang-froid pour maintenir le cap et éviter d'aboutir au fond du lac. Nicolas voit le radeau qui lui paraît si près, mais encore si loin.

Alain ne trouve plus Nicolas qu'il cherche des yeux. Ses muscles redoublent d'ardeur jusqu'au moment où il découvre le nageur à un mètre du radeau. Nicolas tend le bras, essaye d'agripper le bois, mais ses doigts glissent. Il est trop épuisé pour se hisser sur la plate-forme. Alain dirige frénétiquement son embarcation vers le radeau. Juste au moment où la tête de Nicolas passe sous l'eau, Alain l'empoigne et le tire dans la barque. Le jeune homme s'écrase au fond de la chaloupe et reprend lentement son souffle.

— Tu m'as sauvé la vie! dit-il en haletant.

— Je te retourne la faveur, constate Alain. Les deux gars m'auraient peut-être battu à mort.

Exténués, Nicolas et Alain entrent chez les Potvin. Le premier se hâte d'enfiler des vêtements secs. Pendant ce temps, Alain étudie son reflet difforme dans le miroir. Ses doigts frôlent le côté gauche de son visage très enflé, marqué d'une ecchymose rouge.

— C'est pas beau à voir!

— Tu vas porter plainte? demande Nicolas en sortant un cabaret de glace du réfrigérateur.

— Sans connaître mes agresseurs, à quoi ça servirait?

Nicolas donne un sac de glace à Alain qui le place délicatement sur la zone lésée de son visage.

— T'as pas une idée de qui c'était ?

— Oui, mais je peux pas le prouver.

Les deux garçons, rompus de fatigue, s'écrasent sur le divan et restent silencieux pendant un long moment jusqu'à ce que Nicolas, inquiet, formule une requête.

— Tu ne diras rien à ma mère ? Elle ne voudra plus que je sorte.

— D'accord. À condition que tu ne dises rien à la mienne.

— Mais toi, ta blessure va être difficile à expliquer.

— Tu penses qu'on me croira si je dis que j'ai trébuché dans le bois ?

Nicolas ricane.

— Oui, si je confirme que je t'ai vu tomber parce que tu es maladroit.

Alain ouvre la bouche pour donner la réplique, mais se ravise.

Chapitre 32

Les rêves

Catherine arrive à l'école quinze minutes avant le début des classes. Elle croise Alain qui traverse le corridor et l'embrasse sur la joue où l'ecchymose violet-bleu a viré au jaune et au vert.

— Ça te donne des couleurs.

Alain rougit légèrement et prend la main de son amie.

— Tu aurais dû venir à notre réunion. Je pense qu'on va vraiment s'amuser quand on ira faire des interventions dans les écoles. Tu sais combien c'est important de sensibiliser les jeunes aux enjeux de l'environnement. À cet âge-là, ils risquent de rester accrochés pour la vie.

— Je te l'ai dit, j'avais autre chose à faire.

— Encore Terre vivante? devine Alain.

— Hugo Barboni m'a invitée à participer à un stage d'éducation au Costa Rica. Il n'arrête pas de répéter que voyager et apprendre à connaître d'autres pays m'aidera à devenir une meilleure militante. En plus, ça paraît bien sur un curriculum vitæ. Puis, le plus beau, c'est qu'il y a une place pour toi. Tu t'imagines ça! On pourrait y aller ensemble! Il faut que tu dises oui!

L'idée de partager une telle aventure avec Catherine enthousiasme Alain. Il serre sa main et lui promet d'y réfléchir. Chacun se dirige ensuite vers son premier cours. Tout comme s'il pilotait une voiture de Formule 1, Alain se faufile entre les élèves qui s'entassent dans le corridor. Juste avant d'entrer dans sa classe de français, la circulation humaine l'oblige à frôler Roger Trudel. Leurs bras se touchent et Roger s'aperçoit qu'Alain observe l'enflure de sa main droite. L'espace d'un instant, leurs yeux se croisent. « Il a fessé dans quelque chose de dur », en déduit Alain en souriant de satisfaction.

⋇

Cinq heures plus tard, après une longue journée, Alain se réfugie au fond de l'autobus scolaire. Le visage collé sur la fenêtre, il voit à peine passer les conifères qui se succèdent et il ignore le brouhaha ambiant. Il réfléchit à la proposition de voyage de Terre vivante. De nombreuses questions se bousculent dans sa tête. Devrait-il retarder ses études universitaires et aller au Costa Rica? Quel bonheur ce serait de découvrir le monde des singes et des tortues aux côtés de Catherine tout en

146

s'éloignant des problèmes de son quotidien! Sans aucun doute, l'expérience serait enrichissante. Pourtant, il se demande ce qu'il irait faire dans ce pays lointain, car il n'a aucune compétence particulière à y apporter. «Si au moins j'étais un médecin, se dit-il. En plus, les connaissances que j'irais chercher seraient-elles vraiment utiles pour un gars du Nord comme moi?»

Arrivé chez lui, Alain dépose son sac à dos dans sa chambre. Le son incessant d'un marteau résonne. Curieux, il se dirige vers la source de ce cognement persistant. À la cuisine, il découvre sa mère qui regarde par la fenêtre. Derrière la maison, son père martèle une feuille d'aluminium comme un forcené.

— Il n'a pas arrêté de la journée. Va donc lui porter de l'eau.

Alain remplit une bouteille d'eau et sort dans la cour où son père est entouré de matériaux de construction de toutes sortes.

— Bonne manière de sortir des frustrations, lance Basile à la blague.

Il essuie son front couvert de sueur et avale l'eau d'un trait.

— Ralentis un peu, t'es en nage.

— C'est pour ta mère, prononce Basile fièrement. Je lui ai promis un atelier avant l'été. Elle l'aura.

— Tu comptes le construire avec ça? s'étonne Alain, en examinant les matériaux disparates empilés sur le sol.

— C'est certain que ce serait plus facile de construire avec du matériel neuf. Mais j'ai pas d'argent. Alors, j'ai fait les poubelles. Je ne suis pas riche, mais je peux au moins faire ça pour elle.

Alain s'interroge sur la motivation profonde de son père : la nécessité de se sentir utile même s'il est au chômage, ou son grand amour pour Jasmine ? Peu importe la raison, il jubile de voir son père de bonne humeur.

— Je vais t'aider, propose-t-il.

Basile lui passe un marteau et lui indique quelques planches de bois.

— Arrache les clous.

Le jeune Laflamme se met à la tâche prestement.

Plus tard, après le repas du soir, Alain et ses parents discutent du projet de construction. Ils s'amusent à imaginer l'atelier en sachant qu'à la fin, sa forme finale dépendra des matériaux disponibles et de l'ingéniosité consacrée à les agencer. Toute la famille se réjouit de travailler collectivement. Jasmine dessine un plan de l'atelier sur du papier quadrillé en tenant compte des suggestions des autres. Alain dresse la liste des matériaux qu'il leur manque. Il lancera une collecte à l'école pour les obtenir. Son père approuve l'idée et la débrouillardise de son fils d'un regard reconnaissant.

« Mon p'tit gars est rendu grand », pense-t-il. Ce retour à l'harmonie familiale lui fait du bien comme un baume sur une plaie. Alain fera son chemin dans la vie. Cependant, il regrette de ne pas pouvoir lui fournir un appui financier pour ses études universitaires.

— Tu fais bien de suivre les pas de ta sœur. Les études, c'est ton billet pour partir d'ici.

— T'aimes pas Rivière-la-Loutre?

— Ta mère et moi, nous y avons vécu toute notre vie. Mais il n'y a pas d'avenir pour un gars comme toi dans la région. Il n'y a même pas de jobs pour des travailleurs comme moi. Si ça continue, j'aurai bien du temps pour achever ce projet. Au bureau d'emploi, tout ce qu'on peut me suggérer, c'est de lancer ma propre petite entreprise.

— Pas bête, ça! lui fait remarquer Alain.

— J'ai toujours été un salarié, lui oppose Basile. J'ai pas l'étoffe d'un entrepreneur.

— Tu devrais y penser.

— De toute façon, quelle sorte d'entreprise je créerais?

Après un moment de réflexion, Alain avance une idée.

— Une compagnie de recyclage.

— Voyons donc! La municipalité a déjà un programme.

— Mais elle recycle juste le plastique, le verre, le papier et le carton, précise Alain. Regarde dans la cour. C'est incroyable tout le bon matériel que tu as pu récupérer!

Basile évalue la validité de cette suggestion. Le programme municipal demeure embryonnaire. Quand il travaillait à ramasser des déchets, il voyait tous les objets utiles que les gens mettaient en bordure du chemin. Faute d'options, lui-même a souvent mis aux poubelles des produits qui auraient pu servir à d'autres. Il s'est demandé comment on pourrait faire autrement, sans arriver à une solution. Bien que convaincu de la nécessité de diminuer les ordures et d'augmenter le recyclage, Basile ne voit pas comment une petite entreprise pourrait régler un si gros problème. Alain nourrit sa réflexion.

« Il n'y a pas longtemps, Nicolas m'a décrit le programme de recyclage extraordinaire de l'île Hornby. Allons voir ce qu'on en dit sur Internet. »

Alain encourage ses parents à le suivre et le trio s'installe devant l'ordinateur où une recherche porte rapidement ses fruits. Alain lit à haute voix :

« Ouvert en 1978. On recycle et réutilise plus de soixante-dix pour cent des flux de déchets. Le programme est dirigé par un comité de citoyens chapeauté par une association de résidents et reçoit des fonds des impôts fonciers. »

Basile reste perplexe en écoutant les renseignements débités par son fils.

« Puis il y a le *Free Store*, un endroit où les gens apportent des objets offerts gratuitement aux autres. »

— Tout le monde devrait les imiter, conclut Jasmine. Tu pourrais proposer ce genre de projet au conseil municipal.

L'idée stimule Basile qui, cependant, cède aussitôt au découragement.

— Je n'ai jamais eu peur du travail. Mais pour lancer un projet comme ça, il faudrait écrire une proposition et la présenter devant des comités municipaux. Je suis pas capable de faire ça.

Devant les craintes de Basile, Alain, persuadé que son père pourrait y parvenir avec un peu d'aide, cherche des solutions.

— Dans un premier temps, il faudrait juste persuader des gens, établir des partenariats, préparer un plan d'affaires et un budget.

— Justement! C'est ça le problème.

— Tu pourrais trouver un associé.

— Quelqu'un comme Alain, propose Jasmine.

Basile rejette vigoureusement cette suggestion.

— Il n'en est pas question. En septembre, toi, tu pars pour les études.

Chapitre 33

Un chat hors de l'eau

Il déteste l'eau tout comme un chat, mais se prélasser près de sa piscine rassure le maire Trudel, lui donne l'impression d'avoir atteint le haut de la pyramide sociale. Personne d'autre à Rivière-la-Loutre ne peut se vanter de posséder une aussi formidable piscine.

L'homme se frotte la panse et ricane. «Malgré tout, j'ai bien tiré mon épingle du jeu», se félicite-t-il. Dès le début, il avait appuyé le projet de dépotoir de l'influente entreprise Solutions 3000. Toutefois, il n'avait pas prévu la réaction hostile de la communauté qui a rendu le gouvernement provincial frileux. De plus en plus isolé de ses électeurs par sa prise de position ferme dans cet épineux dossier, le maire s'est donc résigné à changer son fusil d'épaule et à appuyer les opposants. Il lui restait à trouver une façon d'éviter de perdre la face et, au cours des derniers jours, deux événements lui ont offert une issue de secours.

D'abord, la diffusion d'une nouvelle étude environnementale est venue démolir celle réalisée par Solutions 3000. L'étude scientifique indépendante prouve qu'à long terme, l'eau potable de la municipalité risque d'être contaminée par le nouveau mégadépotoir. Cette conclusion change la donne.

En apprenant cette nouvelle, le maire terrassé avait, dans un premier temps, été complètement dérouté. Or, il avait vite constaté qu'elle représentait sa planche de salut, une excuse pour effectuer un retournement de veste. Le moment pour changer d'allégeance sans sembler trop opportuniste s'était produit hier à la réunion du conseil municipal. Alain Laflamme et son père s'y étaient présentés afin de solliciter de l'appui à un projet de recyclage et de récupération qu'ils voulaient mettre sur pied. Leur présentation solide et émouvante était tombée à point.

Sans hésiter, le maire avait sauté sur l'occasion pour prononcer un discours inspiré. Ponctuant ses paroles de coups de poing sur la table, il avait affirmé que la municipalité, à la lumière de la nouvelle étude environnementale, plutôt que de favoriser la création d'un dépotoir sur le terrain de la mine, devrait encourager cette initiative de récupération. Selon lui, le projet rassemblerait la communauté et tout le monde y gagnerait. Il clama haut et fort son appui pour cette entreprise qui, sans l'ombre d'un doute, profiterait à la population actuelle et aux générations futures. Son succès créerait des emplois, avait-il ajouté.

Le maire regarde la lune miroiter dans l'eau de sa piscine en se remémorant cette soirée où il avait, encore une fois, réussi à s'adapter au vent qui tourne et à se repositionner politiquement. «Dommage que mon Roger ne soit pas plus comme ce jeune Laflamme», regrette-t-il en fermant les yeux.

Tandis que le maire se congratule au bord de sa piscine, à l'intérieur de la maison, étendu sur son lit, Roger regarde le plafond et suit le vol erratique d'un papillon de nuit. La volte-face du maire a surpris tout le monde, sauf le jeune Trudel habitué à entendre la voix mielleuse de son père devenir froide et tranchante en un clin d'œil.

Un frisson traverse le corps de Roger. Lui, qui n'a pourtant peur de rien, craint de devenir comme son père. Il ouvre et referme sa main blessée qui le fait souffrir au point de l'empêcher de dormir.

CHAPITRE 34

LA CUEILLETTE

La voiture des Laflamme est garée sur le terrain scolaire. Petit à petit, elle se remplit. Alain recueille un robinet, un vieux bassin, deux fenêtres. Lorsque Catherine arrive à l'école, elle se précipite vers la voiture pour offrir un miroir carré à Alain, qui le place de façon à voir le reflet de son amie.

— Il traînait dans la cave. Ma mère l'avait acheté à Timmins, mais une fois revenue à la maison, elle n'en aimait plus la forme.

Même si cet objet n'est pas sur la liste, Alain l'accepte, car il plaira à sa mère.

— Tu pars avec moi ? lui demande la jeune fille.

Alain ne cesse de rêver de partir au Costa Rica. Cependant, contrairement à Catherine, qui peut se décider sur-le-champ, lui a besoin de peser longuement le pour et le contre de ce voyage.

— Je n'ai vraiment pas eu le temps d'y penser !

Dans le miroir, il voit le visage souriant de Catherine se renfrogner.

— De penser à quoi ? Il me semble que c'est évident.

Frustrée, son amie fait la moue et tourne les talons. Décontenancé par sa réaction, Alain soupire et, en déposant le miroir dans une boîte sur la banquette, il pense : « Il faudrait bien que je me décide. »

Soudain, Alain reconnaît la silhouette qui se dirige vers lui. « Ah ! non ! Pas lui ! » souffle-t-il. D'un pas souple, Roger Trudel, qui porte un gros sac dans sa main gauche, franchit la distance qui les sépare. Surpris de le voir sans ses acolytes, Alain ne peut s'empêcher de lui décocher une pointe.

— T'es seul aujourd'hui, donc ça veut dire que tu ne veux pas te battre ?

— Tu sais, répond Roger d'un air désinvolte, des amis, ça vient et ça part.

Le jeune Trudel dépose son sac par terre.

— Je t'apporte des restes de peinture.

Bouche bée, Alain n'a pas le temps de remercier Roger qui décampe aussitôt. Il examine les contenants de peinture et constate qu'à présent, lui et son père ont tout le matériel nécessaire pour mener à terme l'aménagement de l'atelier.

CHAPITRE 35

LE RENDEZ-VOUS GALANT

Jasmine ouvre l'enveloppe placée sur la table et en sort un carton vert pâle. Basile l'invite à dîner et passera la prendre à midi. En chantonnant, elle regagne sa chambre et enfile une robe de coton fleurie. Ce rendez-vous galant l'enchante. Devant la glace, elle arrange ses cheveux et se poudre légèrement les joues. Elle s'installe ensuite dans la cuisine avec un roman afin d'attendre son conjoint. Toutes les deux minutes, elle regarde l'heure. À maintes reprises, elle recommence la lecture de sa page. Impossible de se concentrer, car elle est redevenue une adolescente qui attend son amoureux.

Midi sonne. Personne. Jasmine saisit le carton d'invitation et relit le message. Enfin, elle entend les pas de l'homme de sa vie. Son cœur palpite. Elle se lève un peu rapidement et chancelle. « Pas question de gâcher ce moment», se commande-t-elle en se ressaisissant. Arrivé devant Jasmine, Basile siffle son admiration.

— Comme une fleur de printemps… aussi belle que le premier jour où je t'ai vue.

Jasmine rougit de plaisir. Basile prend la main de sa femme et l'entraîne dehors. Plutôt que de se diriger vers la voiture, il la guide vers le nouvel atelier, dans lequel ils pénètrent. Jasmine s'exclame de joie :

— Un pique-nique!

— Comme quand on avait vingt ans.

Émerveillée, Jasmine contemple les fleurs sauvages disposées élégamment dans un seau de fer sur une nappe couleur monarque. À son grand étonnement, Basile a préparé un festin à son insu. Les petits pâtés, la baguette, le fromage fin, les fruits.

— Tout y est sauf…

Basile se demande ce qu'il a bien pu oublier. Jasmine le pousse légèrement et termine sa phrase.

« … sauf les fourmis et les maringouins. »

Basile s'esclaffe. Le couple passe un agréable moment à manger, à rire et à discuter. La carte postale de Frida Kahlo que Jasmine a affichée à côté du miroir près du bassin attire l'œil de Basile.

— Je pourrais y ajouter une photo? demande-t-il.

— Bien sûr.

Basile se lève et sort de l'atelier. Jasmine, intriguée, attend son retour. Lorsqu'il revient, il épingle au mur la photo, un cliché de Jasmine, souriante, au bord d'un lac.

— Tu as ta Frida Kahlo, déclare Basile. Moi, j'ai ma Jasmine Goulet.

Chapitre 36

Un choix pénible

Depuis quelques jours, Alain évite Catherine, car il n'arrive pas à se décider au sujet du voyage au Costa Rica. Chaque fois qu'ils se voient, elle essaye de le convaincre de l'accompagner. Elle lui répète qu'il ne peut pas toujours être là pour ses parents, que les études peuvent attendre. Frustrée par son indécision, elle a fini par le traiter de lâche et lui lancer au visage : « Tiens-toi donc debout, Alain Laflamme. »

En ce moment, la décision qu'il doit prendre pour le lendemain le préoccupe tellement qu'il a oublié qu'il n'est pas seul. La voix de Nicolas le rappelle à la réalité.

— C'est la bonne réponse ?

Alain regarde distraitement la solution au problème de mathématiques de Nicolas. Il avait promis de l'aider mais, dans son état actuel, il n'est pas à la hauteur de la tâche.

— On va continuer ça demain, ma tête n'y est pas aujourd'hui.

— Des histoires de filles?

Alain sourit faiblement.

— Tu irais au Costa Rica, toi?

Nicolas réfléchit avant de répondre.

— Impossible de plaire à tout le monde. Il faut que tu penses d'abord à toi. Qu'est-ce que toi tu veux?

La vérité des paroles de Nicolas saute aux yeux d'Alain. Bien sûr, c'est évident, voilà ce qu'il doit faire.

❧

Le lendemain matin, avant le début des classes, Alain retrouve Catherine devant son casier. «Toujours aussi radieuse», songe-t-il. Il la tire par le bras et la guide vers un coin plus tranquille. Comment lui décrire le fardeau qu'il a sur le cœur? Alain craint sa réaction. Il l'attire vers lui et, du bout des lèvres, lui murmure à l'oreille les plus beaux mots du monde:

— Je t'aime.

C'est la première fois qu'il ose exprimer tout haut ses sentiments pour Catherine qui rougit de plaisir et l'embrasse. Alain hésite, mais se mouille enfin.

«Le Costa Rica, ça sera pour une autre fois.»

Catherine n'en croit pas ses oreilles. Elle repousse Alain et affirme:

164

— Tu ne m'aimes pas vraiment.

— Ça ne m'empêche pas de t'aimer.

Alain a vexé son amie qui a l'habitude de gagner. Il tente de lui expliquer ses raisons ; il restera à Rivière-la-Loutre pour entreprendre ses études à distance en administration des affaires. Ainsi, il pourra à la fois aider son père à bien lancer son entreprise et sa mère à s'adapter à sa perte d'autonomie.

Catherine, les larmes aux yeux, blessée dans son amour-propre, s'enrage.

— Puis moi ?

Alain regarde Catherine. Elle se débrouillera sans lui et leur séparation ne sera que temporaire. Il prend ses mains et déclare doucement :

— On n'a pas besoin de moi là-bas. C'est ici que je peux rendre le monde meilleur.

Catherine retire ses mains et s'éloigne. Alain fixe son dos avec un pincement au cœur. A-t-il choisi la bonne route ? Va-t-elle l'entraîner sur un parcours long et sinueux sans Catherine ?

ÉPILOGUE

Dix ans plus tard

La route parcourue depuis tôt ce matin a épuisé le voyageur qui ne pense qu'à rentrer chez lui. À mesure qu'il s'approche de Rivière-la-Loutre, sa respiration s'approfondit. Au volant de sa voiture, Alain passe tout droit devant le bureau de la compagnie Laflamme. «Les affaires attendront à demain», se dit-il. Il emprunte l'étroit chemin qui mène au lac Petit. L'homme sort de sa voiture, s'étire. Il n'y a personne. Il retire ses vêtements. Un maringouin le pique sur la cuisse. «Je suis bel et bien chez moi», pense-t-il en écrasant l'insecte. Alain plonge dans l'eau qui glace son corps nu. Le choc initial passé, l'épiderme se rafraîchit et s'habitue. Les lents mouvements qui propulsent le nageur détendent ses muscles et son esprit. À sa sortie de l'eau, le noroît l'enveloppe de son souffle frisquet. Il entoure son corps frissonnant d'une serviette et, revigoré et serein, s'assoit sur la berge.

«Dix ans déjà!» constate Alain en contemplant la surface de l'eau. Que de chemin franchi depuis son coup de foudre pour Catherine qui l'avait entraîné dans la lutte contre le projet de dépotoir de Solutions 3000. Après son départ au Costa Rica, il n'a jamais revu la jolie écolo qui lui avait fait tourner la tête. Depuis, parfois, elle paraît aux actualités dans le journal et à la télévision en tant que porte-parole toujours aussi dynamique d'un organisme international voué à la défense des forêts tropicales. À cette époque, il n'aurait jamais cru qu'il perdrait son amie de cœur pour épouser la cause environnementale.

Il avait terminé ses études universitaires en administration tout en fondant la compagnie Laflamme avec son père. À l'instar du *Free Store* de l'île Hornby, les Laflamme avaient mis sur pied un magasin gratuit. L'entreprise, qui gère aussi le programme de récupération et qui organise des cueillettes d'objets réutilisables chez les gens, a généré quelques emplois. Néanmoins, le taux de chômage à Rivière-la-Loutre demeure élevé et plusieurs jeunes s'exilent toujours pour des raisons économiques.

L'entreprise des Laflamme, quoique modeste, est innovatrice et d'une efficacité exemplaire. À présent, Rivière-la-Loutre est connue à l'échelle provinciale et même nationale pour son ingénieux programme de recyclage et de récupération des déchets. De nombreuses municipalités invitent Alain comme conférencier ou comme consultant afin de mettre sur pied à leur tour des entreprises similaires adaptées à leur communauté. Les habitants de la région sont fiers d'avoir réussi à diminuer le volume de leurs déchets, au grand dam des charognards forcés de s'envoler vers d'autres cieux. Même Roger Trudel, le jeune député provincial du coin, ne rate jamais une occasion de promouvoir ce modèle inauguré par les gens de sa ville d'origine.

Depuis un an, Alain s'investit davantage dans son travail puisque son père passe de plus en plus de temps avec sa mère qui continue à perdre progressivement son autonomie. Par ailleurs, lui, sa femme et leurs deux jeunes enfants ont emménagé dans une maison de conception écologique qui fonctionne de façon indépendante.

La plainte modulée d'un plongeon huard tire Alain de ses rêveries. Malgré la faible clarté du crépuscule, il repère la tête noire et le dos en damier de l'oiseau aquatique. Il plonge son bec droit et fort dans l'eau à la recherche de poissons.

Chaque fois qu'il voit un oiseau, Alain pense à Nicolas. Ce dernier avait d'abord étudié l'orni-thologie avant de devenir un photographe de la nature. Il a fini par s'installer sur la côte Ouest, en Colombie-Britannique, car il lui faut l'océan pour mieux respirer. La solide amitié d'Alain et de Nicolas dure et ils passent souvent leurs vacances ensemble à explorer les rivières et les montagnes du Canada.

Des voix humaines et des rires de filles parviennent aux oreilles d'Alain. Un groupe d'adolescents court vers le lac sans se soucier de déranger la tranquillité de la nature et de l'homme solitaire. L'interruption bruyante agace Alain. Toutefois, son irritation se dissipe rapidement, car venir faire la fête au lac Petit fait partie de la vie de tous les adolescents de Rivière-la-Loutre. Une fille se lance à l'eau et défie les autres de l'imiter.

«Les jeunes ont beau changer, mais à la base ils restent pareils», songe Alain en se levant. Il jette un dernier coup d'œil vers le groupe qui s'installe autour d'un feu de camp. Il contemple dans le ciel la danse des lueurs rougeâtres du soleil couchant, et murmure: «Notre mine est vide, mais nous avons toujours notre trésor.»

Table des matières

Dans la même collection

— 1. *Un amour de chat*, Michel Lavoie, 12 ans et plus, ISBN 978-2-921463-49-2

— 2. *La Porte des Ténèbres* (*Le cycle de l'Innommable*, tome 1), Skip Moën, 12 ans et plus, ISBN 978-2-921463-54-6

— 3. *Mystères et chocolats*, Anne-Marie Fournier, 9 ans et plus, ISBN 978-2-921463-53-9

— 4. *L'Invasion des Ténèbres* (*Le cycle de l'Innommable*, tome 2), Skip Moën, 12 ans et plus, ISBN 978-2-921463-58-4

— 5. *La main dans le sac*, Anne-Marie Fournier, 9 ans et plus, ISBN 978-2-921463-63-8

— 6. *Une aventure au pays des Ouendats*, Micheline Marchand, 12 ans et plus, ISBN 978-2-921463-77-5

— 7. *Une rentrée en clé de sol*, Anne-Marie Fournier, 9 ans et plus, ISBN 978-2-921463-76-8

— 8. *Le chant des loups* (*Sébastien de French Hill*, tome 1), Françoise Lepage, 9 ans et plus, ISBN 978-2-921463-78-2

— 9. *Le montreur d'ours* (*Sébastien de French Hill,* tome 2), Françoise Lepage, 9 ans et plus, ISBN 978-2-921463-81-2

— 10. *Dure, dure ma vie!,* Skip Moën, 12 ans et plus, ISBN 978-2-921463-71-3

— 11. *Le héron cendré* (*Sébastien de French Hill,* tome 3), Françoise Lepage, 9 ans et plus, ISBN 978-2-921463-84-3

— 12. *Quand la lune s'en mêle...,* Marguerite Fradette, 12 ans et plus, ISBN 978-2-921463-88-1

— 13. *Gontran de Vilamir,* Michèle LeBlanc, 12 ans et plus, ISBN 978-2-921463-87-4

— 14. *Poupeska,* Françoise Lepage, 9 ans et plus, ISBN 978-2-923274-09-6

— 15. *Monnaie maléfique,* Stéphanie Paquin, 9 ans et plus, ISBN 978-2-921463-90-4

— 16. *À la vie à la mort,* Micheline Marchand, 12 ans et plus, ISBN 978-2-923274-12-6

— 17. *Alexandre et les trafiquants du désert,* Jean Mohsen Fahmy, 12 ans et plus, ISBN 978-2-923274-08-9

— 18. *La maison infernale,* Michel Lavoie, 14 ans et plus, ISBN 978-2-923274-32-4

— 19. *William à l'écoute!,* Johanne Dion, 10 ans et plus, ISBN 978-2-923274-43-0

— 20. *Aurélie Waterspoon,* Gilles Dubois, 14 ans et plus, ISBN 978-2-923274-51-5

— 21. *Les chercheurs d'étoiles,* Françoise Lepage, 10 ans et plus, ISBN 978-2-923274-44-7

— 22. *La piste sanglante,* Gilles Dubois, 14 ans et plus, ISBN 978-2-923274-20-1

— 23. *Le collier de la duchesse,* Françoise Lepage, 6 à 9 ans, ISBN 978-2-923274-63-8

— 24. *La différence de Lou Van Rate*, Maryse Vallée, 12 ans et plus, ISBN 978-2-923274-57-7

— 25. *Le chenil*, Patrice Robitaille, 10 ans et plus, ISBN 978-2-923274-45-4

— 26. *Comédies et plaisir*, Martine Bisson Rodriguez, 9 ans et plus, ISBN 978-2-923274-66-9

— 27. *Les pantoufles de ma mère*, Anne-Marie Fournier, 4 à 6 ans, ISBN 978-2-923274-62-1

— 28. *Les voleurs de couleurs*, Aurélie Resch, 4 à 6 ans, ISBN 978-2-923274-29-4

— 29. *Kalladimoun*, Martine Périat, 4 à 6 ans, ISBN 978-2-923274-61-4

— 30. *L'été de grand-papa*, Michel Lavoie, 9 ans et plus, ISBN 978-2-923274-71-3

— 31. *La fileuse de paille et autres contes*, Françoise Lepage, 9 ans et plus, ISBN 978-2-923274-69-0

— 32. *Le petit canard qui nage*, Lucie Verreault, 4 à 6 ans, ISBN 978-2-923274-86-7

— 33. *Le voyage infernal*, Gilles Dubois, 14 ans et plus, ISBN 978-2-923274-90-4

— 34. *Magalie et les messages codés*, Carole Dion, 10 ans et plus, ISBN 978-2-923274-58-4

— 35. *Les aventures du pirate Labille*, Mélissa Jacques, 6 à 9 ans, ISBN 978-2-923274-76-8

— 36. *À la découverte de l'Ontario français*, Andrée Poulin, 8 à 12 ans, ISBN 978-2-923274-93-5

— 37. *Pierre déménage*, Martine Bisson Rodriguez, 6 à 9 ans, ISBN 978-2-89699-353-6

— 38. *Galdrik sur Oriflammes*, Josiane Fortin, 9 à 12 ans, ISBN 978-2-923274-94-2

— 39. *Larouspiol* suivi de *Les enfants du ciel*, Diya Lim, 9 à 12 ans, ISBN 978-2-89699-377-2

L'auteure tient à remercier le Conseil des arts de l'Ontario pour l'aide financière accordée à l'écriture de ce roman.

Les Éditions L'Interligne
261, chemin de Montréal, bureau 310
Ottawa (Ontario) K1L 8C7
Tél. : 613 748-0850 / Téléc. : 613 748-0852
Adresse courriel : commercialisation@interligne.ca
www.interligne.ca

Directrice de collection : Magda Tadros

Œuvre et design de la couverture : Melissa Casavant-Nadon
Graphisme : Estelle de la Chevrotière Bova
Correction des épreuves : Jacques Côté
Distribution : Diffusion Prologue inc.

Les Éditions L'Interligne bénéficient de l'appui financier du Conseil des Arts du Canada, de la Ville d'Ottawa, du Conseil des arts de l'Ontario et de la Fondation Trillium de l'Ontario. Nous reconnaissons l'aide financière du gouvernement du Canada par l'entremise du Fonds du livre du Canada (FLC) pour nos activités d'édition.

Les Éditions L'Interligne sont membres du Regroupement des éditeurs canadiens-français (RECF).

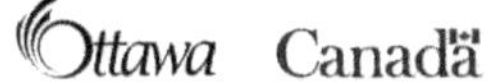

artsVest Ontario est géré par Les affaires pour les arts avec le soutien du gouvernement de l'Ontario, de la Fondation Trillium de l'Ontario et de Patrimoine Canada.

*Ce livre est publié aux Éditions L'Interligne
à Ottawa (Ontario), Canada. Il est composé
en caractères Garamond, corps douze.*

* 9 7 8 2 8 9 6 9 9 4 4 9 6 *